林良作品集 09

經典紀念版

# 小太陽

林良

# 印象中的林良先生

孫小英

說起來這件事，在我內心裡大約已經珍藏了將近五十年，連最親愛的父母，都不曾說過。如果真說出來，他們會很難過的。當年，父親為母親突如其來的絕症，在醫院與當舖間疲於奔命，原先忙碌的工作幾乎停擺；母親則忍受著化療的痛苦，掙扎於病牀上與死神搏鬥。而這一切的煎熬困頓，全都為了我。我才小學三年級，又是獨生女，雖然住在鄉下小鎮，感覺卻充飽了滿滿的愛與快樂，想要什麼就有什麼，沒想到的也會擁有。

在火車仍燃燒著煤的時代，車頭冒出濃濃的黑煙，滾動著大輪子，由臺北一路穿越山洞，駛向終點站蘇澳時，會在蘇澳回轉掉頭；清晨，天剛朦朦亮，父親就抱著我裹著小棉被，爬上小山頭，觀賞這巨大的「玩具」，在鐵軌上來來往往，轉來轉去。彷彿儀式一般，每天非要登高行過注目禮後，才肯安心下山，否則就在家裡哭鬧不休；即使是下雨天，父親還得一手打傘，一手夾著我，小心翼翼的走過山間小徑，去看火車掉頭。等稍大一點，傍晚時分吃了晚餐，爸爸媽媽就一左一右牽著我的小手，到鎮上唯一的一家戲院看電影，或者信步來到也是鎮上唯一的大街上，從街頭逛到街尾；當中有家晚間才擺出來的麵攤，老板娘炸的豬排金脆酥軟、香味四溢，爸媽必會買一塊讓我獨享。

獨生女有獨享的權利，無論是訂閱的兒童雜誌，父親出差，由臺北買回來的各國童話故事選集，或向臺糖劃撥的健素……等，全部都是我一個人的。有天，父親又去臺北，不知花了多少錢，居然提了一架玩具小鋼琴給我；琴身的造型、通體黑亮的光澤，和音樂教室的相似，這可是連作夢也沒出現過的。我開心得叮叮噹噹的彈著，不准任何小玩伴靠近，生怕被他們胡拍敲打壞了。

然而母親這一病，人生的樂譜全散亂了，我就像洩了氣的氣球，由快樂天堂直落俗世凡塵，離開了獨行霸道的小鎮蘇澳，被送到了臺北南區姑姑家；除去衣物與書本，什麼玩具都沒帶，健素也不再預購，連留的兩條小辮子，都被剪掉了。因為姑姑是職業婦女，還要照顧三位表姊，早上與姑父得催、趕著上班、上學，誰還會有空給我梳辮子？並且姑姑家是日式公家宿舍，空間原本不大，「四姊妹」擠在既是客廳又是餐廳的榻榻米上打地鋪，磕頭碰腦的僅能凡事精簡。日常生活起居，全部自己處理，收拾碗筷，折疊牀被，整理衣服，清洗布鞋，邊做邊學，都還算好；

城鄉差距的學校課業，也逐步跟上；只是，母親雖在臺北，卻躺在醫院裡，生死未卜。爸爸隔一段時間，才能抽空帶我去醫院看媽媽，全家人異地相聚，分外珍惜。

看到原本白白胖胖的媽媽，又黑又瘦、滿面愁容，見了我，硬擠出一絲笑容，而我強忍著淚水，不敢問媽媽什麼時候病好？還要在醫院住多久？爸爸已全天守候在醫院裡，陪伴媽媽，卻也無法回答我這個問題。每次離開醫院的時候，我都害怕回不去童話般的蘇澳，與爸爸、媽媽再到南方澳看海撿貝殼，攀爬附近的山林採野百合。我會變成孤女嗎？童話中的繼母總令人惴惴不安……。

記得母親病發快滿一年，不知為了什麼心情煩悶，想起母親沉重的病痛，更是難耐，我有些賭氣似的衝出姑姑家後門，沿著巷子，跑到街上，打算「離家出走」。這時正值黃昏、家家戶戶忙著做晚餐的時刻，有一位瘦瘦高高、容貌和藹的叔叔站在街邊行道樹下，似乎很優閒的看著街景。我並不認識，只覺得十分親切，值得信賴，很想跟他說說話，於是就在他面前站住，開始自我介紹，一路從蘇澳講起，前前後後，瑣瑣碎碎，直到目前為止，全部傾吐而出，好像在說一個苦兒童話故事；其間沒有停過，那位叔叔也未曾打斷我的話，很禮貌很安靜的聽著。天色逐漸由橘紅轉為淡藍，我望著對街屋頂上閃爍的星星，嚥了嚥口水，苦兒的淚水緊跟著吞到肚子裡，「離家出走」的念頭頓時消失無蹤，我不知道要往何處去？走向哪裡可以找到爸爸媽媽？更擔心自己迷路怎麼辦？耳旁聽到叔叔輕聲的說：「再見，明天繼續聊，好嗎？」我點點頭，回應了「再見」後，轉身鑽進巷子，悄悄推開後門，走進屋裡。

沒有人發現我已經「離家出走」回來了，看起來我一切如常，但是心中的大石頭不見了，照樣乖乖吃晚飯，做功課。第二天，甚至到母親奇蹟似的康復出院，我都沒再邁向後門一步。那位叔叔會等我去講兒童故事嗎？他也有故事要說給我聽嗎？在我一古腦的說出真心話後，卻在心靈間小小一角，埋進了一個祕密；由於我不認得好心的叔叔，相信他不會講出去。慢慢長大後，方才領悟與人分享心事的可貴，有宗教信仰的可祈求禱告，或彼此陪同傾訴；諮商輔導機構，則是透過電話、面談紓解煩惱，以免釀成憂鬱症，步入絕境。這樣看來，善解人意的叔叔應是我生命中的貴人，因緣際會的把我從漩渦中拉出來，但人海茫茫，該要如何謝謝他呢？

幸運的是，出乎醫師意料之外的，母親硬是活下來了；父親由原單位轉換跑道，重新工作；我在轉了四所小學後，終於順利畢業。眼看要破碎的家庭，重新縫補起來；三個人落腳的地方，便是我們甜蜜的家，就算沒有貝殼、百合花，我們想辦法在小小的院子裡，種植絲瓜、番茄，養了一隻小黃狗黃毛；至於我險些脫軌出走的祕密，正好吐露給黃毛聽。

更運氣的是，我歷經這番磨鍊，重回父母懷抱，驕氣遠離，學習到俯首謙卑、感同身受，能和人分享與傾聽；也不再斷斷續續、被迫轉學，而能於同一所學校修完課業，直到政大中文研究所畢業後，因指導教授盧元駿老師的引薦，得以進入出版界，參與一份少年雜誌《幼獅少年》的創刊編務。主編周浩正先生特別邀請了兒童文學界有「三劍客」雅號之稱的林良先生、張劍鳴先生，與馬景賢先生，前來指導。三位前輩不僅傾囊相授，而且提筆上陣，為少年撰稿。林良先生且開了一個與讀者談心的專欄，每月固定交一篇。

身為社會新鮮人的我，一邊跟著周先生努力學習當一個熱誠投入的編輯，一邊觀察願意為半大不小的少年、熱心奉獻寫作的作家。特別是寫過那麼愛家、柔軟了許多人的心的《小太陽》作者，林良先生。他的來稿向來準時，稿件整齊乾淨，一筆一畫，絲毫不馬虎，這是我見習的第一課：恭恭謹謹、守時守信。所謂字如其人，人亦如其文，見面時總笑臉迎人，給戰戰兢兢、內心焦慮的編者，吃下一顆定心丸。畢竟，國中生有升學壓力，沒有時間也沒有心情閱讀課外讀物，雜誌行銷相對困難；編輯固有理想目標，絞盡腦汁的規畫設計，但如何深入淺出、趣味性的為脫離童稚，卻尚未成熟長大的少年寫稿，確實是個難題。

這是我實習的第二課，當林先生答應為少年撰寫專欄，他內心已經仔仔細細、妥妥當當，草擬好綱要了。理由很簡單，林良先生曾提過：對「人」有濃厚的興趣，喜歡接近「人」，喜歡跟「人」談話。尤其是小孩子：「為了希望小孩子能有更好的書看，所以我不停的思想。」而當小孩子走出童年，長成少年，他期盼少年朋友仍保有童心，身邊帶著一本書。因此，林先生是以寫一本「獻給少年的書」的心願，許諾了這個專欄。

這個專欄名稱「心理漫談」，一系列的文章篇名，都以「認識」起頭，從認識父母、自己、家庭開始，到生活、責任、人生。在林良先生自己的體驗裡：少年最應該認識的，就是「人」！這亦成為我學習的第三課：明明白白、清清楚楚。即使像哲學理論的思考，這麼「嚴肅的主題」，由《小太陽》「爸爸」寫來，一點也不生澀難懂，他運用少年「所熟悉的真實語言」、例舉許多事件及小故事，娓娓道來，貫徹他「淺語的藝術」兒童文學理論，不疾不徐，怡然自得的與少年朋友走在同一條路上，一起談著話，進而為「少年文學」立下了典範。

很快的，相隔一年，專欄才結束，名為《認識自己》的書就出版了，林先生在序文裡寫道：「這是我為少年朋友寫的第一本書。」非常榮幸的，我從雜誌定期專欄刊登，到集結成書的連貫過程裡，又體會到書寫「再生」的第四課：點點滴滴、積沙成塔。既然少年可塑性大，需要攝取各種知識養分，配合創刊時訂定的雜誌

「綜合性」屬性，而策畫了各類型專欄。林良先生首先示範了這種縱向扎根思考、扎實耕耘，以專欄延伸構想的特質，然後橫向拓展領域，開發出針對少年、適合少年的系列叢書來。

想想這是一個多麼動人的志業，能夠伴同著少年讀者長大；起初站在路旁張望、探索的我，目睹了一位身體力行的兒童、少年文學作家，數十年如一日的以愛心、耐心與恆心，主編兒童副刊、兒童雜誌；勤勤懇懇、熱情貫注的不斷思考，不斷筆耕，為孩子寫書。這，是我終生學習的第五課，從此，跟著前導的鼓聲，大步向前。

之後因為工作的關係，常常向林良先生請益，或在各式活動中，仰望著林先生致辭、當評審，發現林先生事先總有準備，言談起來，完整周到，幽默風趣，並散發著「小太陽」般的溫馨感。更更讓我驚喜的是發覺林先生就住在寧波西街附近，而我「離家出走」的「終點」，正是現在已經拓寬的重慶南路三段。算算時間，有誰願意耐著性子聽一個沒頭沒腦，不知哪裡冒出來的小孩子、說著一個也許並不好聽的故事？而他不但沒掉頭離開，甚且覺得與小朋友交往，心裡感到「幸福」？「苦兒」的眼淚終於流出來了，淚光中，是我人生尋索的第六課：永遠正視孩子、愛護孩子。

如今已經當了爺爺的林良先生，在我堅守著少年兒童編輯崗位三十多年、退休離職的前夕，再度集結《幼獅少年》月刊裡的文章，合作出版了《林良爺爺寫童年》。文前「給小朋友的話」中，林先生仍然講到：認識自己，關心別人；學會了自己走路後，同時也準備隨時伸手攙扶別人。林先生仍然高興和孩子分享童年生活，因為他又有許多新發現、新領悟。

相信，這便是林良先生「小太陽」精神，在恆常的軌道上，綻放光芒，散播溫暖。這回，麥田出版社要再出《小太陽》，找我寫序，題目是林先生訂的——印象中的林良先生，而得以重返《小太陽》年代，繞引出時光隧道中，曾經運轉相遇的印象；那印象不是浮光掠影，不是吉光片羽，而是化解了一個孩子凝結的祕密；亦步亦趨，追隨至少年兒童文學的殿堂。如同閱讀《小太陽》時，不知不覺慢慢放下生活中的焦躁，嘗試懷抱著一顆「小太陽」的心，去善待家人，發現家的可愛；認識人由認識家人開始，愛人也要先愛家人。這是林良先生寫作時所期待的，更是我心目中「小太陽」始終如一的印象。

孫小英，兒童文學研究者。

自序

# 為《小太陽》作生日

林良

四十年前，我以「子敏」的筆名，寫了一本散文《小太陽》。這本書收入我寫的四十四篇散文。在這些作品裡，我以「丈夫」的身分寫我的太太，以「父親」的身分寫我的三個女兒，以「主人」的身分寫我養的狗。我以愉快的心情寫我跟這些「家庭成員」互動的情形。我並不刻意渲染什麼、強調什麼，只是忠實的寫下我在這個「社會基本組織」裡的遭遇，以及這些遭遇所引發的感觸和聯想。

書中有兩篇作品是我最珍惜的。〈一間房的家〉，寫的是「兩個人終於可以在一起」的溫馨喜悅，使我們忘掉物質條件的極端貧乏。另一篇〈小太陽〉，寫的是大女兒的出生。我們忘掉外面的「連陰天」，一連十幾天見不到太陽，卻慶幸我們的小屋裡有了自己的小太陽。

最初，《小太陽》交由純文學出版社出版。純文學在民國六十一年五月印行了它的第一刷。純文學結束營業後，《小太陽》改由麥田出版社接手發行。計算起來，《小太陽》這本書從誕生到現在，已經四十歲了。

麥田出版社為了給《小太陽》做四十歲的生日，特地為它製作了「經典紀念版」，除了為《小太陽》印製新封面，還邀請幼獅文化公司前總編輯孫小英女士撰寫長序〈印象中的林良先生〉。這是彼此認識幾十年來首次聽她談對我的印象，十分珍貴。這篇長序，對我有許多美言，令我感到承受不起，但是也給了我絕佳的機會，讓我反省和惕勵。

「經典紀念版」除了一本書，還附贈讀者一片CD，CD的內容，有朱天衣女士以她豐富的語文教學經驗所作的朗讀示範。她朗讀了《小太陽》裡的兩篇作品，〈一間房的家〉和〈小太陽〉。

另外，CD還安排了兩段談話。一段是朱天衣女士對我的訪問錄音，一段是《小太陽》書中那個「寂寞的球」，我的第三女兒瑋瑋跟我的對話。希望這些「聲音」，可以讓讀者對《小太陽》的作者和作品，有更多的了解。

麥田出版社希望我為「經典紀念版」寫一篇序。我就以前面的幾句話作為我的序，並且也藉此表達我對麥田的最深的謝意。

# 小太陽

目次

## 卷二　家裡的畫壇



## 卷三　到金山去

## 卷四 寂寞的球

## 卷五 焚燒的年代

# 卷一

# 小太陽

# 一間房的家

窗戶外面是世界，窗戶裡面是家，我們的家只有一個房間。我們的房間有兩道牆。第一道是板牆，上面裱著一層淡紅色的花紙，那是特為我們的洞房花燭夜布置的。這一層牆紙雖然已經褪了色，但是它曾經映過花燭的金光，使房間比獨身時代顯得溫暖。第二道牆是家具排列成的圓形陣地：牀、衣架、縫衣機、茶几、籐椅、櫃子、書桌。房間的中央是我們的廣場，二尺見方。我們不能每天在家裡老站著或者老坐著，我們要走走，走動的時候就專靠這一片二尺見方的廣場。

下班以後，我們從街上走回來，我們走過一座一座的建築物，然後拿鑰匙，開了鎖，推門一看，每次我們都覺得家這麼小！我們站在廣場的中央，面面相覷，廣場已經滿了。

我們費過很多心血來布置這個房間，對待這個房間好像對待一個孤兒，既然它在這個世界上是這麼悽苦可憐，那麼就只好用我們的一點熱情來補救它一切的缺憾。我們在窗戶格子上添一層綠油漆，窗玻璃上貼著雪白的窗紙，多多買鏡框，掛幾張顏色鮮豔的生活雜誌插圖。我們花三百多塊錢給它釘一個全新的天花板。總之，我們盡我們的力，盡我們的錢，嘔出我們的心血來裝扮它。我們像貧寒家庭的父母，因為不能供給自己的兒女享受童年應有的衣飾和歡樂，就竭誠獻出他們所能有的愛！

我們並肩環顧這個五光十色的小房間，覺得它裝扮得過分，但是值得憐愛。就只有這麼一間了，能多疼它一點就多疼它一點吧，溺愛也不再算是過分了。

新婚之夜，我們聽到鄰居在炒菜，衚衕裡兩部三輪車在爭路，宿舍裡的同事在談論電影、宴會、牌局和人生。我們慘淡的笑一笑，知道房子太小，環境太鬧，此後將永遠不能獲得我們夢寐中祈求的家的溫馨和寧靜，但是我們沒有怨恨。即使它只是一個小小的薄紙盒子，我們兩個人總算能夠在一起了。

我們要做飯，就在公共宿舍的籬笆旁邊搭了一個更小的廚房，像路邊賣餛飩的小攤子。我們在那邊做飯，端到臥室來吃，這樣就解決了生活問題。我們有錢的時候，買兩根臘腸，幾塊錢叉燒，在煤油爐上熱一熱，就放在書桌上相對細嚼。我們在鬧聲裡找到只有我們兩個人感覺得到的寧靜，我們的耳朵也學會了關門。

下雨天，她到廚房去的時候，我心裡有送她出遠門的感覺。我打開窗戶，可以看到她淋雨衝進廚房，孤獨的在那裡生火做飯。雨水沿著窗戶格子往下滴，我的視線也模糊了。我想過去陪陪她，但是廚房太小，容不下我進去切菜。我在屋裡寫稿，等著等著，等她端著菜盤冒雨回來我們的家。她的衣服溼了，臉上掛著雨珠。總有一天，我們會有一個像家一樣的房子的，那時候她就不會再淋雨了。這個日子也許還很遠，但是我看見她擦去臉上的雨珠，仍然在微笑，我就有耐心去等候那個日子。

我們的房間在宿舍的大門邊，隔著板牆是公家的廁所，窗下又是別人的過道。我們夜裡常常被重重的門聲驚醒，有時也為頭上頻繁的腳步而不能合眼，但是我們一想到我們的誓言：雖然過一生貧賤的日子也不氣餒。於是我們把手握在一起，不讓哪一個人發出一聲嘆息。

最感激的是朋友們並沒有把我們忘記，常常到這個小房間來探望。他們雖然只能貼牆擠在一隻籐椅子裡坐著，但是都有了對我們這個家的尊重。朋友們高興我們已經建立了家，沒有人計較它建立在多大的房子裡。我們換衣服的時候，把朋友留在門外。我們有一個人午睡的時候，把朋友請在廚房裡坐。但是我們一樣邀朋友度過週末，雖然吃飯的時候四方桌在小房間裡堵住我們的胸口，擁擠得像一口小鍋裡燉四隻鴨，我們仍然不肯讓快樂從我們中間溜走。

我們夜裡看到萬家燈火，看到一個一個發出光明的窗戶。我們把它比做地上的星星。

我們知道我們這個只有一個房間的家，夜裡也有燈光，我們的窗戶也會發出光明，成為星群裡的一個。這對我們是一種無上的鼓舞！

我們既然不和生命的長流分離，我們就已經滿足。我們既然不能有一個像家的房子，就讓我們盡心盡性愛這個只有一個房間的家吧！

# 小太陽

二月的雨，三月的雨，使我家的牆角長出白色的小菌，皮箱發霉，天花板積水，地上蓋滿一層訪客的友誼的泥腳印。和平西路二段多了幾個臨時池沼，汽車過去，帶著殺殺的濺水聲。溼衣服像一排排垂手而立的老人，躲在屋簷下避難。自來水暢通了，因為上天所賜的水已經過多。溼淋淋的路人，像一條條的魚，嚴肅沉默的從籬笆牆外游過去。

這是臺北的雨季，是一年中最缺少歡笑的日子，但是我們的孩子卻在這樣的日子裡出世。她已經在這潮溼的地球上度過十五個整天。她那烏黑晶瑩的小眼睛，卻還沒見過燦爛的太陽，明媚的月亮。她會不會就此覺得這世界並不美？

我回憶那天，孤獨坐在臺大醫院分娩室外黑暗的長巷裡，耳朵敏感到可以聽到自己心跳的聲音。我看到長凳上那些坐著等候知道是男是女的丈夫們，我覺得他們是樂觀而強壯的。他們用不著分擔太太的陣痛，他們享受這種上帝賜給男人的福分，並且還要挑剔，希望女孩子都誕生在別人的家裡。跟他們比較起來，我是悲觀而軟弱的。雖然美麗的護士勸我離開占用了一整天的長凳出去吃一頓晚餐，但是我匆匆去來，似乎花錢吃了一肚子乾澀的舊報紙。我在祈禱，偷偷畫著十字。我想到夏娃把智慧之果放到亞當嘴裡，上帝怎麼詛咒那個愛丈夫勝過畏懼上帝的婦人：『我必多多增加你懷胎的苦楚，你生產兒女必多受苦楚！』我多麼害怕。

於是我回想我們戀愛時候怎麼試圖瞞過一些多年的朋友，偷偷安排每一次的約會。我又想到婚後那種寧靜的日子，我在寫稿，她輕輕從背後遞過來一杯熱茶，寬容的給我一根她最討厭的香菸。我想起我們吵嘴的時候，我緊皺的眉，她臉上的淚。我又想起我們歡笑的日子，在書桌上開鳳梨罐頭，用稿紙抹桌子。她已經成了我生活中的一部分，我也成了她生活中的一部分，但是分娩室的門把我們隔開了。

我聽到分娩室裡有許多痛號聲，我把每一陣心碎的呼號都承擔下來，當作是她的。每一個新生嬰兒的啼哭，我都希望是她脫離痛苦的信號。長凳上只剩我一個人了，我在恐懼裡期待著。最後，護士推過來一張輪牀，從我身邊經過。她寧靜的躺在牀上微笑著，告訴我：『是一個女的，你不生氣吧？』我背過臉去，熱淚湧了上來。

我們的孩子就這樣來到世上。她有她母親的圓臉，我的清瘦，但是在我們心裡，她已經很美啦，我們不敢要求更多。我們在雨聲中把她從醫院接回我們的家，一個潮溼狹窄的小房間。這個小小的第三者，似乎一生下來就得到父母的鍾愛，在她噘著小嘴唇甜蜜睡覺的時候，在她睜開烏黑的眼睛凝視燈光的時候，在我們發現她臉上有顆小黑痣的時候，那種生活的溫馨！

但是她也給我們帶來現實的生活問題。她的小被窩裡好像有一部小印刷機，印出一份一份淺黃深黃潮溼溫和的尿布。我們一份一份接下來，往臉盆裡扔。因此，阿釗的眉頭皺了，阿釗的胳臂酸了，阿釗的脾氣壞了。她的印刷機使我們的臨時傭人吃不消了。

我們的臥室開始有釘鎚的響聲，鐵絲安裝起來了，一道，兩道，三道，四道，五道，六道。她的尿布像一幅一幅雨中的軍旗，聲勢浩大的掛滿一屋。我們在尿布底下彎腰走路。鄰居的小女孩來拜訪新妹妹，一擡頭瞧見那空中的迷魂陣，就高興得忘了來我家的目的。書桌的領空也讓出去了，我這近視的寫稿人，常常一個標點點在水上，那就是頭上尿布的成績。

一切都在改變，而且改變得那麼快。我們從前那種兩部車子出門，兩部車子回家的公務員生活樂趣被破壞了，但是我們卻從另一方面得到了補償。我們可以捏捏嬰兒的小手，像跟童話裡的仙子寒暄，可以撫摸她細柔漆黑的髮絲，可以看她在澡盆裡踩水像一隻小青蛙，可以在她身上聞到嬰兒所專有的奶香味兒。在她那一張甜美的小臉蛋兒前面，誰還去回憶從前的舊樂趣？

這小嬰兒會打鼾，小嗓子眼兒裡咕嚕咕嚕響。她吃足了奶會打嗝，會伸個懶腰打呵欠，還會打噴嚏。我們放在牀頭的育嬰書上說這一切都是正常的。我們享受她給我們的一切聲音，這聲音使我們的房間格外溫暖。我們偷看她安靜時候臉上的表情，這表情沒有一絲愁苦的樣子。

她占用我們的半張牀，但是我們多麼願意退讓。她使我們半夜失眠，日間疲憊不堪。我們卻覺得這是人間最快樂的痛苦，最甜蜜的折磨，但願不分晝夜，永遠緊緊擁她在懷裡！

窗外冷風淒淒，雨聲淅瀝，世界是這麼潮溼陰冷，我們曾經苦苦的盼望著太陽。但是現在，我們忘了窗外的世界，因為我們有我們自己的小太陽了。小太陽不怕天上雲朵的遮掩，小太陽能透過雨絲，透過尿布的迷魂陣，透過愁苦靈魂堅硬的外殼，暖烘烘照射著我們的心。

我多麼願意這麼說：我們的小太陽不是我們生活的負擔，她是我們人生途中第一個最惹人喜愛的友伴！

# 霸道的兩歲

白景瑞博士導演的《寂寞的十七歲》，還要等一段日子才上映；我們家裡的「霸道的兩歲」卻早在「越映越盛」的階段。

瑋瑋似乎生下來就領悟到大人正在鬧計劃生育，所以對於她是「最後一個」有充分的信心。小孩子在家中的特權通常要受「交棒法則」的控制。老大在老二出生的時候交出棒子，退居次要地位。雖然起初拒絕和父母合作伺候老二，處處表示「對人間不平的反抗」，但是日子久了，看到父親、母親這兩個老資格的交棒人，不但沒有怨尤，不計較在家中的「次次要」的地位，日子反倒越過越起勁，心中也就舒坦起來了。

老二手裡的特權棒子沒拿多久，在老三出生的日子又得交出去了。這一回，輪到老二去品嘗「失棒恨」。老大看到老二這個從前的搶棒人，現在也歸入「失棒類」，心中多少有一點「覺得活該」的快慰，但是人類（不管是多小的人類）總是有同情心的，「同是天涯失棒人」的同類意識，使她們忘掉從前的不愉快，開始互相親近，增進彼此的了解和友誼，緊緊的結合在一起。

到了老三，情形大變。她的特權棒子是拿穩了。不知道她知不知道她是不必交棒的人，她表現出來的是一種老大、老二所沒有過的那種信心，連敵人都對她深深佩服的那種信心，使一家人拿她沒辦法，使剛交棒的老二精神上受到很大的折磨。

她才學會了搖手說「不要」，馬上就自任家中的「西部的警長」。老二跟爸爸談論學校的功課，小警長會忽然從隱蔽的地方走出來，很嚴肅的搖小手兒喊：『不要！』很堅決的把老二驅逐出鎮，才肯罷休。她的小大腦裡有一個特殊的小觀念，絕對的只准許「一父一女」制度的存在，認為超出這個範圍，都是不合理的。家裡經常上演的「父親爭奪戰」，勝利者常常是老二嘴裡的「討厭的小矮人」。

她管制全家所有的食品，像倉庫的小守衛。在她的小觀念裡，凡是可以吃的東西，全歸她所有。在她醒著的時候，除了她自願放棄的味道平凡的米飯以外，差不多沒有人可以吃任何東西。任何人，包括爸爸媽媽在內，如果敢在她面前吃餅乾，或者芒果，或者椰子餅，或者奶油麵包，她會嚴厲的喊出她學到的第二句話：『搶！』意思是她的小食品庫遭劫了。

她有一種小慾望，處處想表現家裡除她以外，老大、老二那兩個早來的是多餘的。因此，她很吃力的模仿那兩個早來的「擋路的石頭」，希望把兩個早來者的一切特長集中在她一人身上，使自己成為「百科全書」式的唯一的孩子，暴露兩個早來者的「多餘性」。她嘗試跳繩，唱歌，幫爸爸拿東西。每一次失敗，只有更提高她的鬥志。這一仗她是非贏不可的，所以她是在戰鬥中學習，在戰鬥中長大。

兩個比她大的小敵手都會打電話，所以她也成為「打電話」的熱心的小學習者。有一天午睡的時間，她從她的角落走出來，進客廳，爬上「對她來說也算一座小山」的沙發椅，很鄭重的扛起電話聽筒，像中國人講英語那樣的搬出全部少得可憐的語彙來運用：『誰？爸爸？睡覺！好。拜拜！』如果她也會打電話，兩個早來者就是多餘的，可以不要的了。這就是她的小想法，極端自私的小想法，像成人那麼自私的小想法。

為了不讓爸爸落入兩個早來者的手裡，她必須不停的設法使爸爸忙著，使爸爸連一秒鐘的休息也得不到。下班回家，剛進了門，她拍掌兩聲，像日本料理店的顧客找女侍應生來一份壽司那樣，嘴裡喊抱抱，設法先把爸爸捆住。雖然她早就由小爬蟲進化到人類，但是她懂得「占領」爸爸的第一步是使他再當「抱孩子的機器」。然後她居高臨下，俯瞰兩位早來者，流露出一股得意。她搭上這艘「人船」，自任舵手，任意指揮，使爸爸忙個不停。「高高」、「看看」、「洗洗」、「水水」、「餅」、「冰」、「喝」、「拿」，像船長那樣不停的發令。沒有一種有效的辦法可以躲避她的奴役，最後只有裝死。但是她對「假死」有很大的反感，並且深懂哭鬧是使死人屈服的最有效的方法。失敗的死人只好再站起來服役。

她最恨的是當「電視孤兒」，家中開電視的時間，是她暴露「完全沒有教養」的時刻。她會溺褲，會把屎拉在地板上，會躺在地上裝睡，會打破花瓶，會把椅墊拿去扔在水池裡。只要你把電視機的拉門一關，她馬上友善起來，再不跟任何人作對，並且有一種要讓大家快樂的責任感。她就是沒法兒容忍電視。大人的向前微傾的身子，鼓出來的眼珠子，還有那著迷的表情，顯示出對一個大木箱的特別傾心，對一個家中重要人物的極端忽略。這種「電視孤兒」的滋味，叫她怎能忍受？

看書，她搶書。寫稿，她搶筆。談話，她驅散。退讓一步，不做這些雅事。整理整理屋子，她溺褲子。拾掇拾掇書桌，她要大便。再退讓一步。去洗澡，她跟進洗澡間來，搬椅子爬上洗臉盆玩兒水，一分鐘以後，你不得不光著身子去把她從洗臉盆裡撈出來。

也許一個女孩子在十七歲的時候是寂寞的，白景瑞博士知道。我所知道的是，一個女孩子在兩歲的時候是很霸道的。我確實知道，因為我自己是她爸爸。

# 家裡的詩

每天吃過晚飯以後，那個使人不忍出門的時刻忽然到了。太太開始進行她的「日行一善」的工作，補一雙誰的破襪，或者替孩子們把郵票歸類，或者整理歷年來我從電影院帶回來的一千張「本事」。老大為了爭取班上考試的「十內名」（十名內），很嚴肅的在書桌上攤開了七本書，拿鉛筆的手在桌上忙，一雙腳在桌底下給一個曲子打拍子。老二是一個不怕寫的小人兒，有力的小手拿著削尖的筆，一行一行，在作業本子上「刻字」；不大懂得採光，書桌邊的「麻將燈」照的是她的腦袋，她的作業本上有「日蝕」。兩歲的老三，很任性的坐在地板上，玩一個塑膠舊藥水瓶、一個跑氣的小皮球和一條洋娃娃的斷腿；自己進入「忘我的境界」，別人也忘了這小東西「隨地小便」的威脅。在這個時刻，斷然站起身來，打開鞋櫃，套上皮鞋，走進黑黑的街道，似乎是一種犯罪。我悄悄的，虔誠的，選擇了書房。

為了一點很小很小的小事，有時候會跟敬愛的太太辯論起來。含怒拿一本書，躺在牀上含怒的看，含怒的進入了氣氛不佳的夢鄉。半夜裡被輕輕的腳步聲驚醒，有人來替我拿走壓在胸口的書，有人來替我拉好被臥，有人來替我滅了牀頭的燈。輕輕的腳步聲又走了，回到育嬰臥室去。含怒的睡，第二天，在「處處聞啼鳥」的時候，含笑的醒。

＊

老大有兩顆牙長得不整齊，牙醫師警告要馬上進行矯正。這要一段很長的時間，也要預付一筆可觀的費用。這個「要花很多經費」的大消息傳遍了全家（這麼小的家是很容易進行大眾傳播的）。早上還跟老大吵過架的老二，晚上到書房來，帶著一種「頭頂上戴著聖賢的光圈」的神情，把她本來計劃買「五彩泡泡膠」的兩塊錢，放在我的玻璃墊上，用「你知道我的意思」的眼色注視我一下，然後，「頭頂上戴著聖賢的光圈」的走了。

✺

夜裡趕一篇稿子，剛上牀不久，天已經大亮。迷迷糊糊聽到一陣陣「噓」聲，雖然不睜眼，也知道屋裡有三個小手指頭擺在三張小嘴兒的前面。『噓！噓！噓』這個要那個安靜，那個要這個安靜。嘩啦啦，窗帘拉上了。老大的聲音：『拉上窗帘，太陽照不進來，爸爸可以多睡一會兒。』兩歲的老三，爬上牀要給我拉好被臥，大甲蓆太滑，人掉下了牀。『摔跤！摔跤！』老三大叫。老大、老二的「噓」聲嚇阻了老三。『我們把房門關好，別讓人進來吵他！』這是老二的聲音。六隻小腳發出不小的腳步聲。關門了，砰！我在善意安排的「睡眠環境」中清醒了。

✺

八月十日的早上，枕邊發現一封老大執筆，三小孩署名的兒童信：『親愛的父親大人：前天是爸爸節，我們功課太忙，忘了送您禮物，也忘了給您畫一張「賀年片」。這裡有兩塊錢，您愛吃什麼就去買什麼吃吧！我們都不會跟您要。祝您升官發財，做「歷史上的偉人」。』

下面是簽名：老大，老二，老大替老三。

✻

星期天答應帶老二去看一場《流浪一匹狼》。她也答應讓我把書房的門鎖上，趕快把稿子寫完再出門，不來吵我。十分鐘以後，她來敲門：『爸爸，還剩幾行？』我告訴她還剩八十行。再過五分鐘，她又來了：『還剩幾行？』為了表示有個進度，我只好告訴她：『還剩六十行。』接著，『還剩幾行？』『五十行。』『還剩幾行？』『二十行。』『還剩幾行？』『九行。』『還剩幾行？』『一行。』『一行寫完了沒有？』『寫完了。』『走吧！』『走！』路上，她稱讚我寫稿子很快。我卻在計劃晚上等她睡了再動手寫那篇稿子。

✻

寫稿到深夜，肚子餓了，到飯廳去抓東西吃。飯桌上不知道哪兒來的一桌子可吃的東西：兩瓶「養樂多」，兩個菠蘿麵包，兩塊西瓜。另外還有兩個「手工信封」，不用說當然是老大、老二的「家書」。這是一次大請客，把自己的「口糧」拿出來大請客。如果深夜零時算是一天「最後」的時刻，我算吃了一頓豐盛的「最後的晚餐」。「睏人」飽餐，很想舒舒服服回去大睡，忽然想起兩封信。拆開來看，一封是漢字信：『功課都做完了，請你全部替我看一遍。』另一封信是注音符號信：『明天要考說話，請你替我想一個好笑的故事。』

✻

老大去「合理補習」，老二去同學家吃生日蛋糕，兩歲的老三被鄰居「好伯母」抱到家裡去玩兒。屋裡忽然寂靜下來。『總算可以輕鬆輕鬆了！』太太說。她拿起一本婚前就想看的書來，還沒翻幾頁，就換到另外一把椅子上去坐。隔不久，又換一把椅子。椅子好像都不對。『椅子是不是都該換了？』她說。沒人知道椅子到底有什麼毛病，該拿什麼換什麼。很長的一段沉默，她又說話了：『奇怪，明明人就坐在家裡，可是總覺得「很想家」！』

✺

晚風起，屋裡靜得什麼東西都聽得見。窗外鐵馬的叮叮噹噹，瘦聖誕紅葉子淅颯響。關不緊的水龍頭滴答滴答。有太太裁衣的剪子聲，有老大低誦國語課本的書聲，有老二的筆尖刮紙聲，有老三均勻輕微的鼾聲，還有阿蘭躲在她的小房間裡低哼〈綠島小夜曲〉的歌聲。鐘聲答答，是時間在「夜行軍」。這些「家聲」是很好聽的。

# 南下找太陽

今年的春節成了「雨節」，那種「使路人變成沉默的魚」的霪雨，一直下個不停。現在正月初九了，烏雲照舊停留在天頂，細雨泣訴，這場哭戲還沒演夠哪。

孩子們在兩年前建立的「家庭制度」：寒假一定要帶她們旅行，「到很遠的地方去」。今年的目的地是臺灣最南端的鵝鑾鼻，那個有海，有燈塔的好地方。大雨中由臺北出門，在高雄找到了太陽。第二天再由大雨中的高雄出發，又在車過恆春的時候找到太陽。太陽兩次相伴，如今回到雨鄉，在芭蕉葉的演奏聲中回憶兩天的奇遇，覺得應該寫一篇小遊記，留作記念。

古遊記寫風景常常有出色的佳句。今遊記帶著濃厚的科學意味，常常有詳細的地理知識的記載。這種文學的遊記、科學的遊記，都有它藝術上和知識上的價值，但是並不是我們小市民所需要的。我們小市民在經濟上足夠一遊，心情上很想一遊的時候，最想知道的差不多只有兩件事情。第一，得花多少錢？第二，到哪兒去買票？一篇遊記如果缺少這兩個項目，對講究實用的現代人來說，就等於「廢物遊記」，心靈上不能獲得滿足。我想寫的遊記，就是這種小市民遊記，文中將充滿幾塊錢幾塊錢的記載，充滿全票、半票，東站、北站的紀錄。我的目的，只是想告訴人怎麼去法，得有多少錢才去得成罷了。當然，我會設法把一份帳單寫得美一點，生動一點。

有一個作家說過，現代人如果沒工夫花腦筋寫很動人的日記，那麼寫寫日用小帳也就夠了。因為現代人的生活紀錄，跟一張帳單也沒有什麼太大的分別。值得嘆息，但是誰也不敢否認。

正月初三晚上九點半，客廳裡全家齊集，「留守人」叮嚀「遠行人」，頭一句話是：『別把車票丟了。』我手裡拿著的是「一張全票」和「半張半票」。這是觀光號特快車的夜車票，夜裡十點半由臺北開出，第二天早上六點五十分到達高雄。全票是全張：半票剪去一半，只剩半張，所以說「半張半票」。全票是兩百十四塊五毛，兒童半票半價。坐對號快車跟看電影一樣，有票就有座兒，全票有一個座位，半票也有一個座位，「一張半」車票，可以獲得兩個座位。我帶了兩個兒童，所以我有座位，大兒童也有座位；小兒童是「腿上乘客」，無座免票，至少理論上是這樣。在兒童戲院兒童都不能買半票的情況下，比較起來，鐵路局的人情味是濃一點。我手裡的這「一張半」車票，一共花費了三百二十二元。這是「到很遠的地方去」的第一筆開銷，數目不算小，但是搭夜車可以省一筆旅館費，所以數目也不算大。

根據一般情形來說，觀光號車票是前一天發售，撥出一點兒時間到車站去排隊定座，不算太難。不過逢年過節，「團圓客」和「省內觀光客」特別多，買票就不是小事，應該早作安排，全力奮鬥，這就帶點兒激烈緊張的現代色彩了。「在大家都不觀光的季節去觀光」，倒是一種比較聰明的安排。

九點三十五分，客廳裡的送行典禮結束，一個電話叫來了一部計程車，在傾盆大雨中離家遠行。車到火車站，付了車錢十二元。車站裡燈光扎眼，一片「不睡都市」的盛況。兩個孩子因為早有兩次出遠門的經驗，所以態度從容，臉上帶著老遊客的不慌不忙的神氣，幫近視爸爸查明了上車月臺、剪票票口以後，就提著兩件小行李，在車站漫遊，聽雨聲、人聲，看別人坐在候車廳擡頭看電視。這一段時間，倒是沒花費什麼金錢。本來打算買一張觀光地圖，但是在地圖上查來查去，找不到一個代表墾丁公園位置的小黑點，所以也就算了。道一聲歉，省幾塊錢。

十點二十分，車站裡人頭亂動，原來剪票口的窄門開了。那種老式的剪票口，窄得足夠「壓縮」胖子，高得沒法兒「跳牆」，給人一種「走進看守所」的感覺。上火車的時候，雖然坐的是「對號快」，大家還是按著現代節奏，擠一番，搶一番，「緊緊張張」的「搶」到「依法不可能被搶」的座位，急迫入座。觀光號的優點是有坐臥兩用的靠椅，車廂內十分清潔，而且有良好的空氣調節設備，不冷不熱，不怕孩子夜裡睡覺踢被窩。車上也出租臥具，一個枕頭，一牀被臥，租一次是十塊錢，全程半程，價錢一律。枕頭相當軟；被臥有白布套子，也還乾淨。不過我們既然都帶了大衣，在有空氣調節的車廂裡，拿來蓋蓋肚子，防備清晨寒氣入侵，也就夠了，所以這兩套臥具的租金也就省下來了。節儉的老大說出了她的「半邊真理」：『出門常帶大衣，可以省不少錢。』其實車廂裡許多乘客，肚子上連一條手絹兒都不蓋，也一樣睡到天亮，面不改色，一點毛病也沒有。

用現代的「英語中文」來描述，「車輪開始慢慢的在鐵軌上滑動」，觀光號也「開始」慢慢走出了車站，兩個孩子也「開始」跟我討論起「如何坐著睡覺」的問題來了。我告訴她們，有許多動物是站著睡覺，有許多動物是臥著睡覺，有少數動物是掛著睡覺，只有人類是肚子向上的躺著睡覺。不過人類的適應力很強，只要「疲倦」一來，站著、坐著、躺著，都能睡覺，不必為這個問題失眠。其實孩子們心情興奮，一想起幾百公里外的有海，有燈塔的地方，就睜著「童話眼睛」，一時怕不容易睡著，不去管它。偶然回頭，臺北像在水簾洞裡，雨絲穿燈光像穿珠串。這個雨中的大蜂窩裡，居民們大概也該上牀了吧？夜裡十點半了。

深夜兩點半，火車到臺中。兩個孩子擠在一個座位裡，都在她們的小大衣底下睡得像一條死魚——這是我們的家庭用語。偶然想起平日在書房裡，深夜聽到火車汽笛長鳴，總要擱筆，為那種寂寞的遠征嘆息。現在身在那種車上，卻覺得興奮熱烈，哪裡有什麼寂寞感覺。臺中火車站上，都是眼睛特大，行動敏捷的深夜旅行家。他們一走進車廂，就像剛進場的馬戲觀眾，大聲談話，「大聲」往高架上擱行李，使那些剛睡一半的全程旅客都從夢中怒醒。我一看窗玻璃上的雨珠乾了，再往窗外一瞧，地也是乾的。非常幸運，火車把我帶出了降雨區了。

六點五十分，車到高雄，滿眼都是「乾地」，而且金光隱約，帶著一片晴意。下了火車，頭一件事是去買公路局的鵝鑾鼻遊覽車票。公路局車站就在火車站前面南邊兒，但是金馬號遊覽車的售票處，另有一個小型車站，在站內院子的南邊兒。這小車站有個漂亮的小候車室，兩面全是玻璃，另兩面粉牆掛滿大幅郎靜山式的風景照片；沙發，菸灰缸，保溫飲用水，真是布置得整整齊齊，十分可愛。往返票價是大人九十四元，兒童四十七元，對號入座。遊覽的地方包括三處：鵝鑾鼻、墾丁公園、四重溪。因為是過年，觀光客非常多，所以也實行前一天定座的辦法。

當時天色還很早，也不過七點鐘剛到，但是為了找這個小遊覽車站，卻費了不少時間。公路車站總站的小姐不大合作，問她到哪兒買票，她回答說當然到服務臺去買。站內服務臺沒有人，再回去問，她對這個從大都市來的鄉下佬很不耐煩，說，到馬路那邊去買。到了馬路那邊（哪兒算「馬路那邊」，其實我也不懂），只見一個小售票亭，彎腰低頭，從那個小窗口伸進鼻子去，問裡面的女售票員鵝鑾鼻的票到哪兒去買。裡面有聲音說：『當然到站裡去買！』回到站裡，再問一遍，這次的回答是：『到派出所那邊！』

回頭一看，站內果然有個小小的派出所，進去問了警員，才算得到滿意的答覆。他客客氣氣往院子那邊一指，說：『就在那邊，到那邊去買就是了。』車站內女售票員的不關懷旅客，不肯替旅客解決困難的態度，使我大為高興：她們既然毫無進步，將來我自辦觀光事業，以關懷和體貼招徠顧客，不會遇到厲害的對手，事情大有可為，賺錢必定很多。

小車站裡人頭碰人頭，擠到售票口，當天的票早就在昨天賣光了。幸好第二天的座位還剩下兩個，就花了一百四十一元，買了一張全票，一張半票，總算把第二天的旅程確定了。回到火車站，打一個電話託朋友代買第二天晚上回臺北的觀光號火車票，然後花十塊錢坐計程車到光榮旅社訂好了房間，房錢是一百元，小帳在外。有一張雙人牀，有一套沙發，有一個梳妝臺，附浴室，算是套房。把這些要事都安排好了，這才掛上照相機，雇計程車回到火車站（十塊錢），跟孩子胡亂吃了些東西（十五塊錢），然後再到「馬路那邊」的小亭子裡買了兩張逛澄清湖的車票，大人三元，小孩兒一塊半，普通公路車，不對號。大概高雄人逛澄清湖，有點兒像臺北人逛碧潭，司空見慣，車上看不到什麼興奮面孔。

澄清湖的進口，是一座很大的石牌坊，氣勢雄偉，相當不凡。進去以前，要先買票，票價記得還是大人三元，小孩兒一塊五。進了雄偉的大門，有一層層的粉色欄杆，欄杆後面種著柏樹，遠看像中山陵，氣勢開朗，派頭不小。先參觀陳列館，館內是一般的工業產品，樓頂可以遠眺湖景。下得樓來，穿過草坪，沿著湖岸，「開始」一景一景的逛去。湖邊種的柳樹很多，造成一種公園情調。現代人品嘗風景，最不喜歡陰暗。草坪，陽光，排列有序的樹，開闊的視野，是現代風景的主題。廣闊的澄清湖具備這種足以安慰現代人的特色。

湖岸上最吸引人的是遊程半途中的那座七層寶塔。塔本來是風景的點綴，但是在塔頂也可以看風景，所以塔在風景裡，塔也在風景外。許多人童年在塔影下做遊戲，中國人頭頂上都有一座塔。塔能跟古代美景配合，也能跟現代風光配合。塔的形狀可能會變，但是人愛塔的心可能是不變的。帝國大廈是紐約的塔，艾菲爾鐵架是巴黎的塔。從現代觀點來看，塔是經濟繁榮的紀功碑，也是一個民族在盛世必有的建築物。這些雜感，值得另寫一篇〈塔頌〉。

環湖公路上行駛環湖汽車，票價是大人兩塊五，兒童一塊五。搭這種汽車很有趣，只要遇到美景或新鮮事物，到站就可以下車，等看夠了，仍在原站等車，車到就上，不必再買一次票。票根在離湖以前，十足有效，只是要受「順程」限制，不許「倒行逆施」罷了。遊這個湖，大概需要三、四小時。從出口出來，再等公路車，車票也是三元，買票上車，就可以回到高雄火車站。一個大人，從高雄車站出發，往返只花十二塊錢，就可以逛一次澄清湖，不算很貴。

下午的時間，去逛了一趟春秋閣。春秋閣在左營，離高雄市區不遠，搭五路公共汽車，大人的票價一元二角，兒童七角，算不得是什麼花費。汽車到左營北站，下車，就像臺北人由羅斯福三段去水源地一帶，拐個彎，徒步走十幾分鐘就到。由幾個有利的角度看過去，春秋閣也有它的美。那兩座御閣，以遠處那座有斜坡的小山作背景，可以算是一景。另外那一條柳岸，那一池蓮花，也不算太壞。只是潭邊住家緊逼，加上遊客撒野，稱它風景區總覺得髒了一點。而且御閣太小，九曲橋太窄，氣派也很不夠。改良的辦法只有拆除大馬路到潭邊這一大片地區的雜亂小住宅，全部闢作公園，製造深度，使它跟潭邊低矮住家的廚房、後窗和晾衣架有些距離，然後廣植樹木，增建亭閣，清除垃圾，養護蓮花，才有前途。在高雄逛春秋閣，等於在臺北逛孔子廟，是一件很小的小事，很省錢的郊遊，一個大人只花兩塊四毛錢就夠了。那天下午，因為五路車鬧滿座，索性雇計程車回高雄市區，二十八塊錢。進了旅館，洗個澡，到附近餃子館吃了一頓餃子，早早睡覺，養足精神，準備第二天的遠征。在「他市」過夜，孩子們有過經驗，所以並沒鬧懷鄉病，反而充滿著遊子的豪興。

在旅館的牀上被雨聲驚起。窗外一片漆黑，窗外一片炒豆聲。喊起兩個小遊伴，在房間裡沏好三杯茶，吃了一頓三明治，打電話叫茶房來結帳，房錢一百元，小帳加二，一共一百二十元。出了旅館，外面大雨傾盆，雨從臺北追到了。坐了十塊錢計程車到公路局的遊覽車小車站，在漂亮的小候車室裡等車。遊覽車有兩班，八點一班，八點十分一班。上車的時候，雨聲極為雄壯，汽車衝破一個雨簾，又衝破一個雨簾。同車的旅客大部分都是臺北的來客，有過一次追尋太陽的經驗，所以並不十分悲觀。他們全是一對對的夫婦，連號並座，有青年夫婦，中年夫婦，老年夫婦，城裡夫婦，鄉下夫婦，公務員夫婦，商人夫婦，還有一對出色的帶著照相機的農人夫婦。這一對農人夫婦，都是五十左右的人，雙手粗糙，臉色健康，心情愉快，朗聲談話，特別引起大家的羨慕。其他的夫婦，也都是重視夫婦同遊的那一點情趣，並不太重視雨不雨，晴不晴的。老大心有所感，叫我「附耳過來」，低聲說了一句：『可惜媽媽沒來。』真使人柔腸寸斷！這一次太太為了在家照顧兩歲的老三，那個孩子們稱為「屎溺特別豐富」的小麻煩，不能一起追尋陽光，心中總覺得遺憾。但是她重視孩子的應該增長見識，卻是這一次旅行的促成人，資助人。老二說的，媽媽要是不批准這一筆開支，我們就完了。幸好旅社老闆娘在閒談時問起這一段情由，當面稱讚孩子們有一個好媽媽，總算給我一點安慰。

從高雄到鵝鑾鼻，車程一百多公里，汽車要走三小時。車前方有一團隱約的金光，那就是太陽。只是雨絲不斷，烏雲不散，使人心亂。沒想到車過恆春，車外風光忽然「明媚」起來，原來雨住了，太陽露面兒了。車中夫婦們面呈笑容，互相拍膝慶賀。金馬小姐形容恆春是四季如春，氣候最好，有如美國的加利福尼亞。

不久，汽車經過墾丁公園的大石牌坊。金馬小姐通知大家：『先看燈塔，回頭再來！』原來地圖上所找不到的墾丁公園，就在鵝鑾鼻附近，離鵝鑾鼻不過幾公里。沒來以前，跟太太拿著鉛筆，在地圖上亂點黑點子，總以為墾丁是在這裡，是在那裡，卻一點兒也沒點對。

當時汽車就在海邊疾駛。海就在路邊，白浪花就在輪邊。兩隻小井底蛙初次看到這種「跟碼頭邊的黑水」不一樣的「野海」，都像信徒看到聖殿，小心靈裡有小感受，眼中露出小小的虔敬的光。老大說：『你是廈門人，你一定很喜歡這種海。』我告訴她，我一看到海就腳心發癢，我是在海灘邊長大的，我喜歡光腳踩溼瀅的細沙的那種感覺。她很嚴肅的點點頭說：『真美！』老二也附耳過來，要我把兩個人的對話重述一遍，聽過了，就更嚴肅的說：『我懂。』

海上鱗光萬片，太平洋的水面真平，一個大天，一個大海。想起這幾年來，一上班就一屁股釘牢在辦公椅上，一回家就趴在書桌上，唯一的娛樂是到大黑屋裡去看電影，平日的去處不是辦公室就是家裡，不是家裡就是辦公室，真是慚愧極了。

鵝鑾鼻是藍天下的一個地角，上面有白色燈塔，白色辦公大樓。白塔和藍天和金色的太陽，都變得扎眼。遊覽車給旅客的自由活動時間是二十五分鐘。拿著照相機搶拍幾個好鏡頭，到停車場旁邊的小食店吃了一碗很好吃的「米粉湯」，二十五分鐘就過去了。米粉湯每碗五元，據說是那家唯一的小食店裡過年時才賣的名產。

墾丁公園離鵝鑾鼻相當近，汽車過了它那大石牌坊，還得爬山坡，彎來拐去走了半天，才到「恆春熱帶樹木園」的停車場。遊覽車規定遊園爬山的時間是兩小時。山路曲折，勝景分散在各處，最著名的有十二處，包括鑽兩次很長的山洞，如果旅客自己上山瞎撞，沒有四小時恐怕下不了山，所以最好是雇嚮導帶路。停車場的小食店大都兼營嚮導。帶路費在正月初一、初二，高到八十元導遊一次。我去的那天已經初五了，帶路費落到五十、三十。有閩南語導遊、國語導遊，大概也有英語導遊。我找的是一個恆春中學的工讀學生，他靠假日導遊賺來學費，只收三十元一次，每天導遊兩次，賺六十塊錢。他的說明有書生氣，聽了特別受用。

山上風光缺乏明媚感，帶點陰暗古樸氣氛。山洞狹窄，洞中有小燈泡，靠火力發電，也沒有什麼意味。只是離停車場不遠，有一片斜坡，種滿筆直的椰樹，鋪滿細嫩悅目的朝鮮草，陽光直射，明麗動人，倒成了遊客留戀的好去處。現代人的「風景觀」傾向於開朗，「曲徑通幽」似乎已經不大受歡迎了。

離開墾丁公園，遊覽車把大家帶到單調乏味的四重溪，在一家溫泉旅社的門前停車，給四十分鐘的時間洗個溫泉澡，然後疲勞遠征，回到高雄，時間已過下午五點半。

晚上又到餃子館吃一頓餃子，離夜車開行的時間還有四小時，足夠看看市政府旁邊的愛河，看看市議會對面交通銀行那座新派建築。孩子們最欣賞的是經營得很好的大新百貨公司。大新布置整潔高雅，店員對待顧客一團和氣，比起臺北第一公司的亂，實在高明得多。六樓冷飲部出售的「巧克力雪泡」，每客十二元，是逛大新公司的孩子們的「幸福的高潮」。

夜裡十點半上觀光號特快車，天亮又回到臺北。火車站前冷風颼颼，大雨滂沱。打個冷顫，鑽進計程車。臺北市被雨水泡得更溼了。路上行人像一條條沉默的魚。街道窄，路泥濘，我們又回到了這個陰溼城，又回到了辦公桌，又回到了永遠做不完的工作堆裡來了。人沒有變，但是心變了。我到南方找太陽，心中帶了一個小太陽回來了。

# 深夜工作者

只有在深夜，才忽然覺得肩膀上的擔子輕了，至少那個喜歡騎在我肩膀上的老三已經睡了。只有在深夜，才忽然覺得自己的聲帶可以休息休息了，因為那個一見了我就要跟我談人生大問題的老二，已經躺在枕頭上讓大腦靜養靜養去了。只有在深夜，才忽然覺得腦子是自己的，很高興那個一見面就愁眉苦臉把一本算術課本伸到我鼻尖下的老大，也已經上牀去做「龜鶴算」的惡夢去了。只有在深夜，才忽然覺得「家規」再也束縛不了我了，那位時時刻刻提醒我應該添衣，應該減衣，應該進食，應該洗臉的最關心我的人，睡了，無能為力了。剩下的，是一個大頑童和一張大書桌，愛怎麼玩兒就怎麼玩兒。真自由！

怕天亮，因為天一亮，這種享受就沒了。賣豆腐的婦人（她已經賣了十幾年了）是第一個報到的人。搖鈴拉垃圾車的是第二。賣豆腐腦的第三。然後，整條巷子裡一夜睡得好好兒的摩托車全「醒」了，發抖，放氣，怒吼，噪音驚人。然後，老三醒了，一聲「爸爸」，能教我從椅子上彈起來，又該為她作馬了。老二翻身，我也害怕：『你前天不是答應要說明大姊是怎麼生出來的嗎？那麼現在說吧！』怎麼辦？老大在牀上伸懶腰，用鼻音招呼「爸爸早」，聽了也會心驚，會不會又睡眼曚曨端著算術課本走進書房來：『哥哥的年齡是弟弟的年齡的兩倍少六……。』我的大腦又該作她的電腦了。

最使人心情緊張的是最關心我的那位家中的司法官：『知道幾點鐘了嗎？』那時候，最好的辦法是擰熄檯燈，悄悄的走進為我這個「忙碌達旦」的人所預備的「不夜臥室」，鑽進被窩，一聲不響。

人睡我醒，人醒我睡。這種生活習慣，已經造成生理上的適應。生活習慣可以再改，生理狀態除了開刀以外，沒辦法修正。白天不是不忙，但是那種「忙」等於正常人的「熬夜」，也就是我的「熬白天」。一到夜裡，別人那種「日入而息」的生理作用來了，總愛挑點兒輕鬆的活動，或者輕鬆的「不活動」，看看電視，談談天，洗洗澡，跟太太計劃計劃家庭經濟，跟孩子們討論討論怎麼花錢。但是我一到夜裡，就有另外一種「月出而作」的生理作用發生，好像貓頭鷹，好像狼，好像狐狸，好像非洲叢林裡在夜裡出沒的猛獸。自己是這樣，但是卻希望別人早早去睡，好把整個屋子讓給我，好讓我享受孤獨，享受寂寞。孤獨寂寞本來就是一種享受。孤獨是自由，寂寞是寧靜，不也可以這麼說嗎？實際上不也就是這樣子嗎？

在深夜工作，什麼都好，靜，沒有人吵，小偷也不敢來。但是人類天性都是不敢太自私的，自己自由自在了，卻不願意吵了別人，因此就產生了深夜工作的「二苦」。

第一苦是搬書苦。白天搬書，發出來的聲音根本算不了什麼，可是一到了夜裡，好像屋裡到處都裝了擴音器。翻一翻書頁，聽起來像雨打芭蕉；查一查百科全書，像旋風過境。尤其是不小心失手把書掉在地上，砰，像扔炸彈。這每一次總要惹出一段深夜夫婦的隔牆會話來。頭幾年的格式是：

『什麼聲音？』

『《辭海》。對不起！』

『什麼聲音？』

『《西洋文學概論》。對不起！』

不久就演變成：

『是《辭海》麼？』

『錯了。是百科全書。』

『我聽著像《辭海》。』

最近更演變成：

『拿《辭海》要小心！』

『是！』

『拿百科全書要小心！』

『是！』

她已經知道什麼聲音是什麼書了。

深夜工作者的第一苦，就苦在這兒。不敢碰書，還「工什麼作」呢？

第二苦是吃東西苦。深夜肚子餓，人就成了大老鼠，東找找，西找找，差不多只要是找得出來的全都要。第二天天亮一回想，夜裡常常吃下許多可怕的東西，成為家庭笑話；但是也有些特殊東西，成為「家庭名點」。例如餅乾盒裡的剩餘餅乾屑加糖沖開水，這是一道；香菇煮開水加味精，這是一道；開水加醬油就著烤麵包吃，這又是一道。

最關心我的人，有時候特地為我準備點心，也就是家裡所說的「工作點心」；但是我總喜歡「午吃未糧」，過了半夜仍舊要鬧飢荒，仍舊要發明「家庭細點」。孩子們不反對我熬夜，因為許多她們解決不了的事情，有個「二十四小時全日服務」的爸爸給她們作後盾，她們喜歡這個大老鼠。但是最關心我的人，卻認為我的生活習慣除了具有些「防盗」作用以外，一無可取。她常拿動物來作比喻，拿油燈來作比喻，拿蠟燭來作比喻，拿植物來作比喻，說了許多大道理。可是一到月出時刻，她自己也忘了，總是要交代好了「工作點心」放在哪裡，才安心去睡。說教歸說教，親愛歸親愛，人類的天性總是喜歡遷就自己所喜歡的人的。

夜並不神祕，至少對我來說，夜並不神祕。聲音靜下去，能動的都歇下來，就是這個樣子罷了。但是深夜工作者有深夜工作者的幽思和情懷，這是別人不知道的。我常常向半夜高空飛機上的駕駛員道晚安，祝半夜在火車上拉汽笛的司機一路平安，喜歡某一家某一隻狗的叫聲，喜歡那隻定時坐在對面鄰居房頂上看月的黑貓，喜歡聽斜對門一個在報館工作的丈夫，回家進了大門跟太太的簡短溫暖的對話：

『廳門沒鎖！』屋裡太太的聲音。

『你還沒睡呀？』院子裡先生的聲音。

深夜工作者其實也並不是完全孤獨的，他有他的另一個世界。

# 金色的團聚

每天的黃昏是家裡的黃金時刻。想到夕陽的光輝所給人的金色的幻覺，每天黃昏一家人的團聚，真是「金色的團聚」。

在朝陽升起的時候，老大和老二從她們的雙層牀爬出來。老大住樓上，老二住樓下，孩子們是這麼「稱呼」她們的小鳥窩的。那張雙層牀，是家裡的小公寓。雖然夜裡都點過眼藥水，但是小孩子像小鳥，每天早晨睜眼是一件重大的事。兩個孩子在還沒走到洗澡間以前，總是睜不開睡眼。正像老三所形容的：『她們的眼睛有點兒瞎。』

兩個瞎人把雙手當觸鬚，摸進了洗澡間，「牙臉」（刷牙洗臉）了以後，眼睛亮了，三腳兩步回到臥室，換上了老三所說的「學校的衣服」，像舉重一樣的把書包搬到飯廳。媽媽給她們預備的稀飯早已經晾在飯桌上了。一向喜歡靜觀，然後發表「文學的觀感」的老三，說她們的「趕吃」是「把許多東西一下子裝進肚子」。

就在姊妹倆忙著往肚子裡裝東西的時候，媽媽的雙手像鼓霸樂隊的鼓手一樣忙，忙著給兩個偏食的孩子裝飯盒。

時鐘的長針一走到表示「動身」的羅馬數字上，孩子們都像挨了一鞭，跳起來，抓起飯桌上的「抹嘴毛巾」，在嘴上由左到右，由右到左，意到筆不到的各寫了一個草書的「一」字。然後像童子軍露營似的，背起「三百斤」重的書包，提起媽媽苦心經營的飯盒，夾著講義夾子，抓起「防變天」的薄夾克，兩個樣子很笨重的小瘦子，頭也不回的往門外衝。

『連「下午見」都不說了？』

『下午見！』

每天早晨分手的時候，兩個小都市人總算沒忘了跟父母道一聲「告別的招呼」，雖是被動，卻值得原諒，她們也是「趕時間的人」。現代人雖然有電話那樣方便的「說話工具」，但是都忙得沒有時間說話。兩個小現代人當然也不能例外。

孩子們走了以後，接著，孩子的媽媽的「緊張戲」又上演了。她一方面要忙自己的梳洗和早餐，一方面要招呼「不知光陰似箭」的老三慢吞吞的吃早點，一方面要催我這個「堅決反對每分鐘心跳超過六十九下」的新哲人快拿報紙進廁所，一方面還要去市場買「怎麼今天又吃這個」的菜。一共有四方面，四方面一夾攻，心理衛生學者所說的那些「風涼話」，都成了「廢話」。她的脾氣表現得稍微有點兒急躁，她的內心可能已是十萬分的急躁。跟時鐘的長針賽跑，長針總是贏的。

我對鐘從來沒有好感，也不承認發明鐘的人對人類有什麼真正的貢獻。但是在我們還沒有發明另外一種「比它更能造福人群的代替品」以前，只好暫時由它胡鬧。胡鬧是胡鬧，也不能完全不加以控制。我的方法是分解它，對它實行「科學管理」。例如在每天早晨上班以前，僅有的四十八分鐘裡，我規定了該做的每一件事情的「最慢時間」：刷牙一分半鐘，洗臉兩分鐘，刮臉四分半鐘，梳頭一分半鐘，在「化學便盆」上看報二十五分鐘，吃早點十三分鐘，穿皮鞋半分鐘。事實上，每一個項目都還可以節省一點時間。因此，我能在鐘的控制下獲得休息。我控制了控制我的東西。唯一的遺憾是我為了這樣做，不得不不停的看錶。看錶使我緊張。

夫婦兩個，飽受時間折磨以後，好歹總算出了門，上班去了，到另外一個「更使人緊張的地方」去工作去了。這時候，所謂「家」只是一個兩歲半的老三和一個阿蘭罷了。

每天早上，「家」就是這樣被時間拆散了。如果有人偏找這個時間給「家」下定義，家就是孤兒院。

有聚有散，這是悲觀人的看法。如果我們從相反的方向看過來，舊聚散了，新聚又形成，散不盡，聚不完，人生總是那樣熱熱鬧鬧的。看懂這個道理的人，都明白宇宙生生不已，想尋覓一點「淒涼感」，也並不很簡單。例如每天黃昏那一次金色的團聚，就是很好的例子。

夕陽把出牆的樹梢染上赤金色，屋簷、屋脊都滾上一道燦爛的金邊。傍晚的風來搖屋角的鐵馬。阿蘭出來澆花。老大、老二，也背著三百斤重的書包回家了。書包也很可能照到夕陽的光。那麼，用現代詩人那種「跳接得很厲害」的描寫法：兩個小仙子背著金色包袱踏上了歸途。

寂寞得以自言自語來排遣日子的小老三，總算下了「獨語」課，上前去致歡迎詞：『你們這兩個小傢伙回來幹什麼！』上前去扯她們的衣服，上前去接她們的飯盒；上前去抱她們的書包，「重」得跟書包一起坐在地上。三個孩子像三隻小狗撒歡兒，也會笑了，也會鬧了，也有力氣鬥嘴打架了。時間暫時釋放了她們。

不久，媽媽也回來了，儘管一天的勞碌很可能已經在她臉上刻上了一道皺紋，但是現在她用那道皺紋來笑。每一個孩子都想把這「最長的一日」的日記用嘴寫出來給媽媽聽。三個孩子有三大篇，加上媽媽自己的一篇，用孩子的數量詞來形容，真是「四長的一日」！

最後回家的是一家之主；因為回家最晚，所以不是冠軍，不是亞軍，算是「末軍」，孩子們說的。父親爭奪戰就在這個時候揭幕。我的耳朵已經習慣同時聽三個

（有時候是四個）人同時說話，同時知道三個（有時候是四個）人的話的內容；回答第一個人的問題，一手撫摸第二個人的頭髮，一手抱起第三個小人，眼睛跟第四個人笑。

廚房裡傳來飯香。大家把早晨所受的罪忘得一乾二淨，對於明天早上要受的罪也沒工夫去多想。夕陽無限好，黃昏一刻值千金，這就是我說的金色的團聚。

# 洗澡

當了父親，才知道世界上最難的事情是「使一家人都洗完澡」。

小孩子們都是喜歡玩兒水的，老大、老二、老三，都有自己的一段「水時代」。老大在她的「小時候」，就喜歡裝一臉盆水，把全家的皮鞋泡在裡面「洗得很乾淨」，結果使爸爸媽媽第二天穿著雨鞋去上班。老二的傑作是替爸爸洗書，替媽媽洗口紅。現在老三最喜歡的是在水龍頭底下洗蠟筆，洗紙，洗手提收音機；為了防她洗不該洗的東西，家裡的照相機和望遠鏡，都得放在六尺高的櫃頂上。

孩子都是喜歡玩兒水的，但是洗澡除外。

有一天深夜，我看書看到一半，忽然受到一個問題的困擾：是應該由我起帶頭作用先洗澡，然後叫大家拿我當模範，一個一個都到水裡去走一趟好呢？還是把自己排在最後，先驅策大家完成這「一天最吃力的工作」，然後自己躺在澡盆裡恢復體力好？想是想了，可是沒有結論，因為無論採用哪一種策略，最後的結果完全一樣：疲憊不堪。

我現在對於「洗澡」這種事情，已經有了成見：這是人類最壞的發明之一；不然的話，為什麼大家那麼「怕」它？

催老大洗澡，得有很大的耐性。最初，要先用溫柔的，商榷的口吻通知這個難惹的「反洗澡主義者」：『該你洗澡了。』聽到這個通知，她第一個步驟是裝聾作啞，一聲不響，表現出已經完完全全沉溺在書裡，或者練習本裡。

但是要記住，千萬不能冒火，冒火就完成不了這個艱鉅的任務。我所應該做的，是逐漸逐漸把聲音加強，加高，加到她無法否認我是在對她喊話的程度。到達這個程度的時候，她會慢慢扭過頭來，含笑，很和氣的問我有什麼事情。我這時候應該很和氣的再把我的意思重複第十九遍：『該你洗澡了。』

她露出疑問的眼神，開始她第二步驟：跟我討論理想的「一家人洗澡的順序」問題。

『為什麼不讓別人先洗呢？每一次都是我先。』

我把血液集中在腦部，才能勉強說出一些她認為「沒有理由的理由」。這些理由一項一項被她駁倒以後，她原諒了我，說：『好吧！今天還是我「先」算了。可是稍等一會兒好不好？我這一道算術題剛寫了一半兒。』

說完了這句話，大約還要再等一個世紀，她才表現出一種被迫離開的惋惜神氣，夢遊似的空手走進浴室，然後在遙遠的浴室裡，用童聲女高音喊：『媽，我的衣服呢？我的毛巾呢？我外衣要不要換？肥皂放在哪裡？』

在廚房裡忙著的媽媽即刻傳話過來：『你幫她拿衣服好不好？你告訴她毛巾是哪一條好不好？你告訴她外衣也該換了好不好？你把架子上的肥皂拿給她好不好？』她的話裡帶著信心，因為她知道我除非是精神全面崩潰，不然不會回答「不好」；而且這是每天都要有的過程，並不是什麼新鮮事兒。

這些東西都送達以後，還得忍受另外一個最難，也是最後的過程，那就是她的興致很高的談天。『爸爸，是不是所有的女孩子都比較不適合當政治家？』『為什麼我看書的時候會忽然覺得我不是在看書，好像是在做別的事？』『考試的時候緊張，是缺乏維他命第「幾」？』她充滿好意，希望我跟她熱烈討論，可惜忘了我急著要她做的事是「即刻洗澡」。為孩子解答問題是父親的天職，如果那是折磨也該忍受。雖然眼睛看著乾澡盆心裡著急，但是不能在孩子對探討問題有興趣的時候跟孩子冒火。通常她會在我舌敝脣焦，頭頂冒熱氣的時候動了憐憫心，滿意的說：『好了。』我也在獲赦以後恢復了幽默感：『對了，你忘了一件事，你該洗澡了。』她笑了，我因為心情的輕鬆，也跟著笑了。在笑聲中，我渴望的水聲響了。

我完成了第一任務。

老二的風格是另外一種，屬於「萬事起頭易」的那一類，只要聽到：『你該洗澡了。』即刻滅了書桌上的燈，推開椅子，讓人產生一種「無限感激」的心情。不過，這並不表示老二是一個「熱愛洗澡主義者」。這小智者心中另有安排，通常進入浴室以後，不管長針走了多少個羅馬數字，始終是無聲無息。到了沒法子再忍耐下去的時候，推開浴室門一看。這智者高坐在便盆上，雙手端著一本兒童讀物，屏息凝神，早已經進入另外一個世界。

『你忘了你該洗澡了？』

『可是我洗澡以前一定會大便。』

『那麼你快「大」呀！』

她很惋惜的合起書，說：『好，我現在開始大吧。』

原來她連「大」都還沒開始哪！

總要等聽到抽水馬桶的放水聲，知道是「大」完了，才談得上盼望聽瓦斯熱水器的怒吼。一切不是以秒計算，一切要以一刻鐘一刻鐘來計算。

喜歡討價還價的老三，一向指定要「爸爸給我洗」，所以幫這個兩歲半洗澡，等於自己也洗了一次蒸汽浴，渾身是汗。這個小傢伙一切都有「標價」，脫衣服的標價是「洗完澡要給一塊餅乾」，進澡盆也是一塊餅乾，抹肥皂又是一塊餅乾，離開澡盆又是一塊餅乾。洗一次澡，小傢伙可以得四塊餅乾。每一個步驟，最初都是抗拒，然後是提要求，要求不遂，繼續抗拒。在相持不下的時候，小傢伙沒有損失，我損失了時間。我寧願以四塊餅乾換時間，所以小傢伙永遠勝利。

三小洗過了澡，終身伴侶彼此之間又有一番禮讓，誰也不願意「占先」，最後總是那個「失敗者」，忍痛放下手邊的事，滿肚子委屈先走進浴室。

從衛生的觀點看，每天洗澡是一件好事。在「閒人」的心目中，整天泡在澡盆裡更是一種享受。但是對於忙忙碌碌的，連回家也要忙的現代人來說，似乎都有一種抗拒洗澡的傾向。

# 「大」

按實際的需要來說，這個家應該有五個便盆，洗澡間的空間應該擴大三倍。不知從什麼時候起，我們五個都把洗澡間作為現代生活的避難所，都喜歡躲在那裡面享受一點輕鬆，一點寧靜。老大、老二就讀的學校在郊區。她們每天的緊張生活可以作為現代兒童生活的代表。清晨六點鐘鬧鐘叫的時候，她們像機器人應聲而起，像火車走軌道一樣的按一定路線走進洗澡間，在一定的地方抓漱口杯和牙刷，按一定的分量擠牙膏，按一定的方式刷牙，按一定的順序輪流洗臉，坐一定的位子，吃一定的早餐，帶一定的飯盒，在一定的時間出門，到一定的地方等準時到達的校車，在學校按一定的功課表上課，在一定的時間搭校車回家，坐在一定的書桌前面做一定的功課，在一定的時間做完，在一定的時間洗澡，然後換一定的睡衣到一定的小牀去睡覺。為了衝破這許多「一定」，她們只有在大便方面找出路。

老大、老二，大便都沒有一定的時間，但是並沒有違反「每日大便一次」的規定。她們天天「大」，可是時間天天變。

老大家庭作業比較多，所以她「大」的時間都在作業快做完的時候。她進洗澡間以前多半不露聲色，然後忽然失蹤。家裡每個人回家都有一份事情做，當然對於她的「離開工作崗位」都不大注意。通常都是耳聰目明的小老三先發現情形有異：『大姊到哪兒去了？』她到每一個房間去找。找到最後，她忽然想起：『我知道了！』大喜過望，匆匆挑選兩件心愛的玩具，三腳兩步衝進洗澡間。再過一會兒，裡面傳出來兩個孩子的談笑聲、談天聲，有說有笑，使人羨慕。令人著急的是在她們的談笑聲中，有一種「一進此門，再不回頭」的預兆。時間滴答的腳步聲，對她們再不起作用。半個鐘頭，再來半個鐘頭，兩個孩子全沒罷手的意思。

只有在「大」的時候，老大才能享受一點「手足之樂」，一離開洗澡間，這一切都完了。可是為了使孩子的生活納入正軌，終身伴侶必定會不停的跟我交換眼色。她的『怎麼樣？』的眼色越來越逼人。我的『讓她們多玩玩吧。』的眼色越來越無力。到了最後，我堅強起來，眼中閃耀著「慧劍」的寒光，給她打過去一個『時間到！』的信號。她踩著進行曲的步伐，昂頭走進洗澡間，不到五秒鐘，兩個嘟嘴的小傢伙垂頭喪氣的跟著她出來了。

老二要「大」的時候是有徵兆的。她一定會先走進書房來，在大書架前面挑選「大便書」。她選書的嚴格認真，很像主婦在市場裡挑豬肉，豬有一身肉，但是沒有一塊能中意。老二總要把一堆書翻遍，然後問我：『家裡還有什麼好書？』我是一個把心眼兒用在工作上，所以有福變得厚道的人；丟下手裡的筆，跟她一起跪在地板上挑書。好容易跟她共同「決定」了七八本最佳兒童讀物，看她把書端走，心中實在得意，覺得自己又進行了一次出色的「家庭教育」，覺得自己實在能「善盡父責」。

老二出了書房門，本該向南，但是她卻往北走。那是洗澡間的方向。天天後悔，天天上當。老二這一去，就不知道哪年哪月才能回來了。洗澡間裡燈光輝煌，寂靜無聲，她在那裡面享受「坐讀之樂」。

『爸爸，你有沒有時間？』有時候她會隔著三道門遙呼，把我「請」進去問字，「請」進去討論內容。

我有時候會忍不住問她功課做好了沒有。

『還沒有。』

『那麼趕快大呀！』

『我想先歇一會兒。』

有什麼辦法？這個小機器人所以能讀不少的兒童讀物，實在跟這個「大」大大有關。

終身伴侶雖然沒有說出口，但是卻常常暗示我是「上梁不正」。從生理和心理的交互作用來看，一個人在「大」的時候，確實會產生一種「減輕負擔」的感覺。從物理觀點來看，它也確實是使人減輕了負擔。減輕負擔等於精神上的輕鬆，精神輕鬆的時候心理最「衛生」。因此，生理上「最不衛生」的作用，卻造成了心理上的「最衛生」。一個人在「大」的時候，絕不會悲觀。一個悲觀的人，絕對「大」不出來。緊張焦慮過度的人，通常都患便祕。有了這個理論根據，我常常大模大樣的到洗澡間裡去「大」，「大」著不肯出來；帶進去的東西很多：菸灰缸、打火機、香菸、報紙、書、「靈感簿」、原子筆。這就是終身伴侶所說的，我的每天必有的一次「搬家」；也就是老三回答『爸爸在哪裡？』的時候所說的：『他在那邊辦公！』

終身伴侶對我的「大」法並不滿意，但是對於我的竟敢在機器時代頂撞「時間巨人」，也很「驚佩」。我們的家一向是「瀰漫愛家氣氛，充滿個人色彩」慣了的，並不希望「慘不忍睹」的把每一個人都切成同樣大小的「肉丁兒」。有一部家庭憲法做護符，我「大」得相當稱心。

為了敬重終身伴侶，這裡應該跳過一人，不多描述。但是忍不住要透露一點感想：也相當的浪費時間。

老三還不到「抽水馬桶年齡」，為了怕她掉到「其實並不髒」的池子裡，所以還一直讓她行「個人小盆制」。她模仿力極強，所以全家缺點都在她一身。她要「大」的時候，先搬一把小椅子，放在她的便盆邊，然後過來招呼：『爸爸，去陪我「大」！』她要我坐在她旁邊，幫她趕「從來沒遇到過」的「恐怕會來」的老鼠。等我入座以後，『等一等。』她說。然後她去搬來一堆書，一堆玩具，一堆「辦家家酒的」，攤了一地。然後是她入座，遙指地上的某一件東西，我就由她食指的尖端畫出一道想像的延長線，把那一件東西遞給她。『錯！』她說。『答對了，一個燈！』她說。她要跟我玩兒《田邊俱樂部》，她要跟我玩兒《與君同樂》，她要跟我玩兒《大千世界》，她要跟我玩兒「亮叔叔」……。

假如家裡的洗澡間擴大三倍，假如家裡有五個便盆，我們必定會冷落了起坐間，因為那時候我們已經有了更理想，更使人稱心滿意的全家的聚會所。

卷二

# 家裡的畫壇

# 薄冰

童年和同學爬海邊二十多丈高的峭壁，頭頂上是長滿雜草和相思樹的臺地；腳下是刀山釘牀似的怪石灘，有白浪在它的邊界吶喊鼓噪。這真是惡夢中的景象。爬到將近臺地，忽然官能失去控制，腳一滑，落下三寸，踩住一個石尖兒，雙手抓住野草，貼身掛在半空，像峭壁上海風中的一塊破布。四肢發抖，心跳到喉頭，沒有一個人能相救。

大約靜息了十萬年那麼長的五分鐘，心智恢復正常，官能又有了彈性，恐懼心消失，冒險犯難的勇氣大增。那勇氣並不是一種熱血沸騰的浮躁之氣，而是一種忘掉了自己，忘掉了外在環境的險惡的「冷靜之氣」。那時候雖然身在峭壁上，心卻像坐在書桌前面讀書，一個石頭縫兒，一小株堅牢的侏儒榕樹，就像書上一個字，一個詞，細細讀去，加以組合，體會它的意義；無所謂動心，無所謂不動心。不往上看，也不往下看，只讀鼻尖兒前面的書。我平平安安爬上了臺地，成為四個該打屁股的業餘爬山家的第四名。大家為冒險成功大樂，沒有人想到失敗的後果。

這件事情我的父母根本不知道。如果知道，他們一定當場昏倒。

所有的成人都知道這個人生的祕密。每個人都是走過「死亡的鋼索」長大的。長成要渡過一片薄冰。長成是一種運氣。

自己有了子女以後，心情一變，變得格外兩樣。不願意子女去走什麼「死亡的鋼索」，寧願做牛馬給他修一座十二公尺寬的大水泥橋。不願意子女渡過什麼薄冰，寧願讓子女坐在肩膀上，騎馬渡河，萬一冰裂，子女的頭還能露在水面；樂意替他喝冰水。

父母心就是這樣，長輩對晚輩的心也是這樣。我們從父母和長輩體會到這種心意，然後「變本加厲」的施在子女和晚輩身上。

櫻櫻和琪琪剛上學的時候，每天必須親自接送，我保護兩個孩子像保護兩個容易碰破的玻璃藝術品。路上有風，跟她們一起「喝」了才心安；路上有雨，跟她們一起淋了才舒服。後來漸漸支持不住，對於那種整天都在街上跑的生活有了倦意，不得不設法給兩個寶貝包一輛三輪車的時候，心裡的躊躇不安，七上八下，就像得了一場熱病。我對那位不幸的三輪車駕駛員，施行了最徹底的一次身家調查。他住在哪兒，門牌幾號，太太幾歲，子女幾個，多久喝一次酒，多久打一次牌，同行對他的評語，他本身的體能和個性，車牌幾號，身分證號碼，他的籍貫，他的年齡，他的外號，全都弄得清清楚楚，才敢把兩個心肝交出去。滿以為這樣安排，一定會得到孩子們的擁戴。哪裡知道老大念到四年級，老二念到二年級，就有她們的意見「反映」上來了。

『爸爸，您（她自己學來的語詞）把我們當成什麼了？』老大說。

『你（她還沒學會「您」）這樣子，叫人不舒服，好像身上沾滿了麥芽糖。好難受！』老二說。

『爸爸，您到底是怕什麼？』老大用「個別談話」的口吻溫和的跟我說。

『你這樣子，我不喜歡你了。』老二有了怨意。

她們的要求是什麼？她們說了：坐三輪車上學惹人笑話，因為她們已經「太大」了；我「應該」趕快替她們「辦車票」，因為班上比較得人尊重的同學都是「自己搭五路」的。

這又是一道很難過去的「心情關」。不答應，還是答應？當然，還是得答應，不過得有附帶條件：我要舉行三次公車演習，依照她們的規定，要我「假裝」是路人，她們「假裝」不是我的孩子。我們一起上車，我「不能跟她們站在一起」，我要「假裝」不認識她們。然後，依我的規定，我要看她們怎麼下車，怎麼過馬路，怎麼進校門，三次無誤，才算合格。

不久，我就習慣看她們獨來獨往了，由「假裝」變成「真正」的了。不久，姊妹兩人也拆夥了，她們更「獨來獨往」了。兩個人都有自己的「等車同學」，都有自己的「等車技巧」，手裡的「學生票」是她們快樂的泉源。

想像老大背著大書包衝過大馬路的情景，實在擔心。想像老二那小矮子爬進公共汽車車門的情景，也放不下心。但是她們心裡，卻以為從此以後，臺北市才真正是她們的。

臺北市遲早是她們的，但是她們在我嫌早的時候嫌遲了。她們在我還來不及驚呼一聲的時候就跳上了薄冰，而且往前邁步，而且走得好像她們才是內行，我是外行。我除了驚訝以外，只有敬佩。

孩子是這麼成長的，因為我自己就是這麼長成的。我正在打算給她們買搖籃的時候，她們忽然自己跑過來跟我說：『不用了！』這大概就是天下父母共有的體驗吧？

不過這也用不著驚奇，因為我們自己也曾經給父母這樣的驚異。回想自己過去怎麼創造奇蹟似的使父母驚訝得張大了嘴，自己現在緊張的唇上肌肉就會鬆弛下來了。

一個奇蹟接著一個奇蹟，人生的錦，實在都是奇蹟編織成的。人類本身的進步就是一個最大的奇蹟。從心智的成長來看，我們和子女是「同向」前進的。子女在薄冰上，我們自己也在薄冰上。子女是我們的「薄冰同伴」。這麼說來，子女走上薄冰，並不是一種「出去」，反倒是一種「進來」。

子女長大，我們的生活更熱鬧了，同時也會更有意思了。

# 小電視人

三歲的瑋瑋，再不把電視看成威脅她在家中的「焦點地位」的敵人。她也入迷了，從前在兩歲半時代的敵人，現在成為「我的電視」了。「我的電視」意思是別人除了設法偷看以外，不能同時跟她看同一個電視，因為那樣會把電視「看沒了」。她看電視的時候，客廳照例要清場。別人看電視，只有站在臥室裡，或者書房裡，然後把頭伸進客廳，這個辦法。不過，這只是在她心情不好的時候。只要她心情好，無意中說出：『我今天很快樂。』那時候，任何人都可以大膽走進客廳，坐在她身邊。她會把小手兒伸過來，拍拍你的手背，意思是：『來吧，好好兒的坐在我旁邊看，不要說話。』

她看電視並不像成人那樣容易接受別人的安排，那樣的用想像力來補救「平面的缺陷」。她要常常站起來，跑到電視機的側面，向機箱和白牆中間那條小衚衕裡看了又看，目的是想看看螢光幕上轉過身去的阿丹的媽媽，臉上是什麼表情。當然每次她都很失望，可是她並不嫌麻煩。這種窺探，大概得持續到她四歲。跟她解釋沒有什麼用，因為她不像大人那樣容易向不懂的理論低頭。

她對電視裡的人物有種種要求。這種任務，通常交給我辦。她還生活在「神話時代」，我是她的神話世界裡的眾神之王。既然她跟我說要糖，就有了糖，要橘子，就有了橘子；那麼，要電視裡的小矮人做什麼，當然跟我說一說也就夠了。大概要到她八歲，才能發現我的「凡夫俗子」的真面目。我祈禱她越早發現越好，因為替孩子摘星並不是一種好差事。

她看到入迷的時候，會忽然想起要小便，邊跑邊喊著：『爸爸，叫他們等我一下！』

回來的時候，看到畫面大變，她會含怒責備我：『你讓他跑掉了！』

小孩子也懂得鑑賞美好的面容。這是一件值得驚奇的事。大概人的鼻子的形狀和位置，臉上各器官的比例和距離，會透過視覺，在人的心理上產生一種「魔法作用」，使人發出喜歡和不喜歡的反應。

『叫她再出來一下！』瑋瑋會發出小命令，意思是叫我去執行，因為她想再看一次那張很可愛的臉。

根據劇情，有時候我答應了。那張可愛的臉，果然又露了一下，會使瑋瑋非常高興。如果根據劇情，那個人不怎麼可能再出來，我就會說：『生氣了，她不回來了。』

『她為什麼生氣？』瑋瑋跟我討論的，是另外一個問題，一個比較好應付的問題了。

她討厭看新聞報告。新聞報告剛剛開始，她就用一種「散場」的表情站起身來：『好，關起來吧，報告新聞了！』她這樣宣布以後，如果發現大家還有「偷看第二場」的意思，就真的走過去，把電視機關了。客廳裡一片嘆息聲，很使她有一種「重要人物」的快樂。

但是不久她會自動再把電視機打開，查核一下新聞報告完了沒有。如果沒報完，再關上，過一會兒再打開，再查核。她等的是「天氣預報」。她特別喜歡這個小項目，因為「天氣預報」使她在家中的地位顯得重要。

『爸爸，今天「陰偶雨」誒，要帶傘。』說這句話的時候，從臉上的表情看起來，她覺得自己在家中的地位已經超過媽媽了。當然「陰偶雨」對她來說只是三個音節，意思是「快下雨」；因此，她的會話裡就有了：『已經陰偶雨了，趕快收衣服！』

她討厭新聞報告是有道理的。新聞報告裡的聲音雖然耳熟，可是對她卻產生不了意義。聽的時候，她心情煩躁，對姊姊，甚至對爸爸媽媽，常有無禮的舉動。新聞報告對她來說，是一種最糟的「兒童文學」。這使人想起兒童文學作家的苦惱：如果他寫得能對孩子產生意義，人家就以為他的腦袋空洞可憐，想介紹他去讀《古文觀止》，開始進修；如果他有心賣弄，想寫得叫那些純文學作家看了不覺得怎麼討厭，小讀者們讀了，卻都有了「瑋瑋的煩躁」。

除了天氣預報以外，瑋瑋最喜歡的節目，出人意料，是廣告。廣告上場，她就眉飛色舞，嘴裡輕輕的跟著電視裡的「廣告歌曲」合唱。她最拿手的一曲是〈綠油精〉，連音樂伴奏都哼得出來。也許她心目中的「看電視」，真正所指的是：綠油精，是健胃U，是我愛掬水可樂，是「會搖尾巴」的「海鯨補」吧！

這半年來，電視機確實也幫瑋瑋擴充了語彙。她嘴裡有許多成人語詞，都是從電視裡來的。她是一個O型孩子，天性中帶有粗豪和坦率，所以容易吸收那些直截了當的語句。『今天我很快樂。』『媽媽，我很愛你。』『二姊欺負我。』『大姊最可愛。』『爸爸，請你滾開。』她學得最像的是亮叔叔的一句話：『歡迎小朋友到兒童世界裡來，跟我們一同快樂！』

不管那是不是好事，瑋瑋會在電視機旁邊長大。到了她的頭比電視機高的時候，她會跟許多現代兒童一樣，變成一個「小電視人」：嘴裡說著電視話，腦子裡裝著電視思想，所能欣賞的趣味是一種電視趣味。這是毫無疑問的。有時候，我會覺得這是一個值得想一兩個鐘頭的「人生問題」。

# 用一棵樹過節

小太陽

一個剛剛過去不久的世界性的節日，在我們五個的心目中卻是剛剛開始不久。客廳裡那一棵小柏樹並沒開始枯黃，還寧靜平和的發散著翠綠的光。我們的節還沒過完，我們的節還很長。

在十二月二十五日的前兩個星期，孩子們就不停的探問那棵樹的消息：『到了沒有？』『還沒有。今天上菜市場，還沒看見有人賣的。』孩子的媽媽說。

平日懶得連喝水都要媽媽倒的老大，忙著開櫃子，搬紙盒，把去年的「聖誕道具」全盤整理出來，有條有理的排列在老三的小手搆不著的「高地方」。她一樣一樣檢點嶄新的舊物，開列清單，盤算著今年應該增購的貨色。她平日的那種「如在夢中」的眼神，轉換成王熙鳳的幹練。一年就只有這一回，她才表現出對人間世的關切，對俗務的熱心，但是已足夠使父母得到一種「她不可能成為問題少女」的寬慰。

平日跟老大計較得很厲害的老二，變得非常能接受老大的暗示，對於老大不斷發下來的清晰明確的指令，她用信賴和服從的心情不住的回答：『好。』如果有什麼細節需要磋商，她們兩個人的耳語會議充滿了和諧的氣氛。

為了要彼此送禮物，平日大人和小孩之間的坦誠，變成一種帶著瑞氣的隔閡。孩子的臉上都掛著英文課本裡的「我要給你一個驚奇」的神祕笑容；同時，在談話中，她們也很有技巧的進行「您給我的驚奇將是什麼」的試探。

剛滿三歲的老三，像一隻能預感喜事要到的小狗兒，滿地撒歡兒，一天到晚不停的做跑房間的遊戲，運行迅速，屋裡到處都是她的影子。由於光學的錯覺作用，她幾乎是同時在所有的房間裡出現。她哭哭笑笑，笑笑哭哭，甚至夜裡失眠。

在老大、老二都還小的時候，我對她們做過「造神」的心理學實驗。我很莊重的告訴她們這世界上有一個聖誕老人，住在「很遠的那邊」。每年十二月二十四日的深夜，我們先聽到鈴聲，然後聽到鹿吐氣的聲音。聖誕老人的鹿車停在鄰家的房頂上，他跳下車子，從客廳的窗戶進來，把「你們告訴爸爸，爸爸再寫信告訴他」的禮物，塞在好孩子的枕頭底下。第二天早上，「你們一醒，伸手在枕頭底下就可以摸到你們想要的禮物」。

孩子們一點都不懷疑，完全相信這種虛構是事實。老大甚至到了上二年級的時候，還老老實實、誠誠懇懇的告訴我這個巫師：『你寫一封信告訴他，今年我不想再要枴棍糖。我想要一部電動汽車。』

『太貴，恐怕他買不起。他並不怎麼有錢，要東西的孩子又那麼多。』我說。

班上「無神論」的同學笑話過她，「反異端」的同學也反對過她，但是她堅定不移：「事實就是事實」！這些實驗說明了原始民族精神生活的內容。小孩子本來就是一種「原始民族」。

不過現代的開明教育打斷了我的實驗。第二年，有一天，老大和老二必定是先有一番研討，然後雙雙到我的書房來晉謁：『爸爸，到底真正的有沒有聖誕老人？你要說實話！』

『沒有。』

『從前那些事都是你一個人搞的？』

『對！』

父女三人，放聲大笑。在笑聲中，她們結束了我延長的幼年期。我們笑著，送走了聖誕老人，但是卻送不走為老大所賞識的聖誕節。從此，聖誕節成為我們的家庭節。每年，老大不管她的小學業有多忙，都要放下一切，出來主持一切，安排一切。大人全不用操心，一切由她操心。她只要求媽媽買一棵好一點的小柏樹，她只要求我拿出一點錢。

有時候她操心過分，簡直成為戲劇導演，所有細節，全在她的構想中，連我坐哪裡，媽媽坐哪裡，老二坐哪裡，老三坐哪裡，誰先說什麼話，然後誰接著說什麼話，都有規定。純粹的形式主義！等到大家咳聲嘆氣，叫苦連天，取消她的木偶戲，然後真正的輕鬆才降臨。

客廳的日光燈滅了，淡淡的橘黃燈亮了。在金黃色燈光下，大家靜靜的觀賞老大和老二所裝飾的聖誕樹。孩子們所說的「自動的彩燈」，纏著樹身，一明一滅，變換顏色，像一群「五彩螢火蟲」。樹上掛著的各種小飾物，因為年年添購，有一種濃妝的盛況。有藥棉做的假雪，有香菸錫紙做的銀星，一家沉默，體會著戶口名簿上大口、中口、小口的神聖的團聚。幾年以後，這種團聚是會拆散的。那時候，大家只能靠記憶中的這種團聚來團聚了。正像文言文的熟語，「此情此境」，多麼值得珍惜。父母能疼子女的時間是那麼短。人生的旅程本質上是一種個人的孤單的遠征。我們實在應該待子女像待朋友，愛子女像愛朋友。

「經濟都很困難」的孩子們，從小柏樹底下掏出她們準備好了的要送給我們的「驚奇」：都是一份帶著至情的薄禮。我和「媽媽」也把我們預備好了的「驚奇」送給她們。我們的禮厚一點，因為我們的「經濟」比較繁榮些。

過了這神聖的一刻，大家又恢復了「理性」，開始雜采諸子百家，設法把這個節日的色彩抹濃一點。吃點兒東西，談點兒話，放點兒聖誕唱片聽些聖誕聲音，欣賞幾張聖誕卡，說說曠野裡牧羊人聽到天使宣布新王降生的故事，分析分析聖誕老人怎麼以傳說人物的身分造成了一個世界性的節日，說明說明宗教家怎麼每年都要辨析一次聖誕節並不是「聖誕老人節」。

夜深了。媽媽催孩子們上牀。孩子們堅持要父母「親一下」才肯去睡。宗教家所說的「平安夜」已經降臨。我們一家也過完了「聖誕樹節」。

這只是一篇「追記」。其實不能算「追記」，因為自從二十五日以來，我們的心情都像還在「節」中，客廳裡的聖誕樹也還那麼碧綠。

# 家裡的畫壇

我的家族有「不敵視繪畫」的優美傳統，「繪畫」一直被當作一種必要的兒童教育。雖然歷代沒有出過一個畫家，但是對於繪畫創作從來沒有發表過「焚琴煮鶴」的謬論。

我的祖父童年就喜歡畫小人兒。雖然老人家後來的成就不在繪畫，但是對繪畫充滿善意，對繪畫有一種淡淡的懷鄉病。這種對繪畫的淡淡懷鄉病，成為這個家族的「遺傳」。

我父親少年時代在英國人辦的教會學校讀書。有一次學生旅行，他的畫家老師在渡輪甲板上用水彩筆速寫岸上景色。那本來不過是一種遊戲之筆，但是他卻站在背後看得入迷，回家跟祖父說他要跟英國老師課外學畫畫兒。祖父認為這是應該的，就央人作翻譯，陪他即刻到學校去交了學費，成為這個家族第一次的中英交涉。

我父親是學過幾個月的「英國水彩」，不過並沒深入。老人家後來的成就也不在繪畫，他的興趣在國產化妝品的製造。不過他在商標設計方面，常能得到畫家的好意協助。畫家們承認他不是「畫盲」，不是一個不可理喻的「生番」。這一點使他非常高興，同時也勾起了他對繪畫的淡淡的懷鄉病。

我們兄弟念小學的時候，每天黃昏回家，父親就替我們在大大的院子裡擺好了矮桌矮凳，拿著幾枝蠟筆、一疊紙，教我們畫簡筆畫。兩代的深情，就是在這種家庭活動中建立起來的。我們兄弟在學校的圖畫課從來不拿「低分」，這是因為學習興趣濃厚，肯好好的動筆；也可以說是由那些簡筆畫激起的興趣。

念中學的時候，他安排我們到畫家那裡去學畫，學了一陣子的工商美術；可惜始終沒有走進純粹繪畫的世界。我弟弟在這方面天分比較高，自己琢磨過一兩年的繪畫，不過後來還是轉入工商界服務。

我在跟弟弟分手以前，已經比他落後許多，成為他帶著我走的局面。我離家以後，我們兄弟們互相通信，信中常常有插畫，用來代替文字所說不到的東西。這種風氣，影響到母親。她老人家給我的信裡，也常常有圖畫。圖畫成為我們家庭裡的第二語言。

現在輪到我的孩子了。

老大在還沒上幼稚園的時候，就已經成為我的畫友。我在書桌的這一頭兒畫插圖，她在我書桌上的租界，靠左手那一頭兒，拿著小蠟筆打紙，紅紅綠綠，黃黃藍藍，在紙上點了數不清的點子。我的許多小插圖，就是在這種書桌上的小地震中畫成的。我所收藏的老大的作品第一號，是一幅使人眼花的《五彩芝麻圖》。她那一幅作品所獲得的空前誇大的讚美，比現在我們報紙上對任何科學家的讚美還要誇大。她起頭兒是對於我的誇大的表情發生了興趣，知道只要抓起小蠟筆敲打一陣白紙就可以看我演一場戲，所以一天不知道畫了多少張戲票，我也表演得顎骨發痠。她在四歲以前，完成第一部精選的《點兒集》，共三十幅。

後來她的興趣轉入畫「脖子下面有一個大圓肚子」的小人兒。這種小人兒通常都是在我上班的時候畫，我下班時候交稿，在家裡堆積如山，這些「下筆不能自休」的創作，是她在家寂寞，想念出去做事的父母的產品。那時候，我每天上班的時間短（真是美好的老時光），所謂在家帶孩子，其實就是一盒蠟筆、兩疊紙，頭挨著頭在那裡「玩顏色」。她命題：『你給我畫一個媽媽晾衣服。』『你給我畫一個我吃飯。』『你給我畫一根枴棍糖。』我畫，她用一種崇拜的眼光看我的手，我的眼，又由我的眼看到我的手。我成為她眼中的神。一種神祕的家族的「遺傳」，過渡到她的小心靈裡。

我的一張畫，可以交換她的「不要人餵飯」。我的一張畫，可以交換她的「自己上牀睡」。她變得很乖，很聽話。

後來，我的工作忙，我們在一起畫畫兒的時間越來越少。她由下巴頦兒剛高過書桌的桌面，端著小算術課本問我為什麼「二加二是四」的階段，一跳跳到站著比我坐著高，挨著書桌，問我「三角形的面積是不是底乘高除以二」的階段。

『爸爸，您現在怎麼不畫畫兒了？我記得我小時候……。』她會問。

「小時候」對她來說，是「遙遠的過去」。對我，實在只是「昨天」。

老二跟老大的情形不一樣。她最初對蠟筆的反應似乎是畏懼，似乎把小蠟筆看成一條小蛇。她喜歡撕紙，可是她如果發現蠟筆跟紙在一起，她連紙一起推開。後來逐漸發現她是一個極好強的小娃娃，因為身邊有一個已有畫名的小敵人隨時準備嘲笑她的幼稚，所以她對繪畫採取完全敵視的態度，拒絕作第一步嘗試。我既然已經看破她內心的小祕密，只要老大在場，就不叫她玩蠟筆。她是在老大進幼稚園以後，才敢含羞的拿起小蠟筆，浮光掠影的在白紙上勾那麼幾下，像遠山，也像霧中的柳絲。我對這幅「遠山含笑，柳絲兒隨風舞」的小品，大加讚美。她的良好反應是後來逐漸把遠山加濃，柳絲加粗。有一天，她交給我一幅作品：《鋼絲網》。那是由許多橫橫豎豎的直線交叉構成的。她謹慎，作品產生很慢，沉默觀察，胸有成竹，然後才肯出手。她的進境，表現出來是一種跳蛙式的；其實她內在的學習行程，也還是持續不停的。

老三的性格是「莽夫型」的。她兩歲半開始作畫，一動手就是紙裂筆斷，很使人失望。但是她那種不自量力的好強好勝的心理，促使她日夜苦練，終於學會了保全一張紙，留下了一生「最初的傑作」，一幅可以題名為《敲擊》的好作品。第二幅是《藍與黑》。第三幅是《無題》。第四幅是《構成》。自從媽媽有一天下午教她畫過一個人頭兒以後，她用一上午的時間加以變形，現在已經改畫人物。第一天，只畫人的頭像。第二天，脖子下面長出兩條火星人的細腿兒。第三天，左右兩耳各長出一條細細的胳臂。目前，這個變形人還在繼續生長。

這是她創作力的旺盛期。她前途的發展是無限的。

無論從哪一個角度看起來，這個家裡是有一個小畫壇存在的。活躍在這畫壇上的三大派，是否也跟我一樣，正在忙著編織她們來日的淡淡的鄉愁？

# 老三的「地方」

瑋瑋在家裡可以到處走動，家原本就可以說是她的地方。但是她很不愉快，總抱怨沒有自己的「地方」。一個剛滿三歲的孩子，會需要什麼樣的一個「地方」呢？在幾個人的心目中，她的「地方」已經夠多了。

臥室裡，差不多到處是她的地方，剩下給別人的實在已經不多。她跟媽媽睡的大牀上，有一個角落，擺著幾本姊姊讀過的破智力測驗，一枝姊姊前年參加鼓笛隊吹壞了的塑膠笛子，幾塊積木，幾張她畫了「大頭人」準備向《國語日報》投稿的破紙。那個地方誰也不能碰，大家都知道那是她的。

牀底下有她的兩架「不是掉白牙就是掉黑牙」的老舊玩具鋼琴，兩部鋼琴中間有一個從姊姊那邊霸占（她的話）來的「裝滿了破瓷牛、破瓷馬、破瓷狗、破瓷兔」的餅乾鐵盒。這三件東西的後面，還有媽媽每天都要跪在地板上用拖把遠遠伸進去抹一遍的一片「牀下廣場」，合起來就是她的「小屋子」，那當然也應該算是她的地方。

牀欄外的地板上，有一個巨人型的裝電風扇用的大紙盒，裡面堆滿了從兩個「早來者」繼承過來的該扔的破玩具，那是她的百寶箱。她能夠跪在巨人紙盒旁邊形單影隻的玩兒半天，拿許多舊瓶蓋、舊塑膠杯，拼湊成幾大桌家家酒，向空中招呼許多她喊得出名字的人來吃。她擺酒席像自覺「不虛此生」的闊人做壽，在足球場擺酒席請一鎮人吃壽麵，從牀的這一頭兒，蔓延到地板中央，伸展到老大的書桌下，聲勢浩大，成為一種場面不小的「破爛兒展」。她使別人覺得「連個地方都沒有」，她自己不該說沒有地方。

她霸占客廳，割據書房，使全家人不得不依循三歲兒童的生活方式過日子，對她所造成的大混亂採取妥協的態度以謀求和平，在短暫的和平中全速做事以應付使人疲於奔命的現代生活。

因為有她在，老大、老二放學回家一進大門就心情緊張，無緣無故的焦躁起來。頭一件事要清理書桌。每張書桌上都留著「大兵過後」的痕跡。家裡這個寂寞的霸道人每張書桌都使用過。玻璃墊上有糨糊，有紅墨水的湖，有紙屑，有飯粒兒，還有她那些破爛玩具。

老大、老二早就收起書桌上那些小擺設、小裝飾品、花瓶和書。老大是一個好乾淨的人，她在瑋瑋的精神虐待下採取的是「淨几」對策，書桌上一物不留，堅壁清野，有如一片荒原。她的對策對了，回家的時候，只要預備一個大紙盒，一塊溼抹布，把書桌上所有的破爛兒掃落在大紙盒裡，再用溼抹布把玻璃墊擦乾淨，就可以開始做功課。

老二是一個個性強的人，堅持「狠一點兒就行」的制裁老三的辦法，正像有人被鄰家的「小喇叭」吵得不能做事，不能休息，氣得腦袋冒煙兒跑過去敲門說：『你不會狠狠的揍他兩下？』

這真是不懂孩子。揍他兩下還不簡單！大人絕不會打不過小孩子。「小喇叭」並不是沒出息的孩子，他只是比一般孩子更需要父母關懷，個性也更強就是了。這種孩子，對愛與冷淡極為敏感，將來他在二十三四歲的時候，很可能成為一個詩人或出色的畫家。這種孩子有極強的「堅持力」，雖然幼小，卻早有征服父母的慾望，這是他來日征服世界的準備，他可能是一個不平凡的人物。對付這種孩子，是一件很簡單，很容易的事。你輕鬆的坐下來，跟他說話，陪他玩兒，帶領他做種種有益的活動，他一定柔順像一隻馴服的猛獅。

這種孩子所以造成混亂局面，原因全在父母太忙。較平凡的孩子不大留意父母的動靜，所以父母忙碌時候，他並不覺得因此他會有什麼損失。較不平凡的孩子就不然，媽媽要是忙著做飯，他也要到開水爐火間去動手動腳，一起活動。不然的話，請媽媽放下菜刀，陪他坐在地板上一起辦家家酒。他對父母的行動釘得非常緊。在父母不接受他的「公平原則」的時候，麻煩就來了，「小喇叭」也響了。

與其到鄰家大吼：『你不會狠狠的揍他兩下嗎？』倒不如更合理些的對那位媽媽大吼：『你別那麼忙不行嗎？』或者更有理性的，幫那個不幸當了有出息的孩子的媽媽帶一會兒孩子，或者燒一頓飯。當然這辦不到，所以我一向主張家和家之間的牆，要有最現代化的隔音設備，尤其是有孩子的家。「狠狠的揍他兩下」是不行的，這一揍，就揍滅了他的「生機」。這一揍，就揍出一個「懷恨，受抑制，多疑，喪失信心，懦怯虛偽」的廢物來了。

別人的孩子，只要能「滅音」就行，當然應該「狠狠」的揍。自己的孩子，在事情成為「很難兩全」的局面的時候，我奉勸做父母的，不要接受鄰家暴君的昏聵命令，還是讓孩子哭個痛快的好，只是別忘了加隔音設備。家庭也是一個教育場所，當然會有「聲」有「色」，不過不應該妨礙鄰居的安寧。

再說老二那種「狠一點兒」的政策，既然不被我接受，她就乾脆採取「暴露黑暗」的態度。她的書桌，從不整理，每天放學回家，把瑋瑋留在書桌上的亂七八糟的東西往靠牆的地方一推，清出一小方能擺筆記本的「空地」，埋頭就寫。日積月累，垃圾堆積如山，我只好替她清理。她心裡有數，後來索性連自己的「成績」也不清理。我不得不給這個難纏的孩子一次誠懇的警告。

除了「清理」問題以外，還有「驅逐」問題。老大的脾氣跟我一樣，對瑋瑋採取較為寬容的態度。老大做功課的時候，瑋瑋就坐在書桌上跟她親熱。我寫稿的時候，瑋瑋就坐在我稿紙的旁邊跟我談天。老大有些功課是要趕的，所以難免要無情的驅逐瑋瑋。我的工作也常帶有趕工的性質，所以也不得不請瑋瑋把書桌完全讓給我。驅逐這個堅強的敵人要費很多的時間。她在東邊被逐，改由西邊上城；在前面被逐，改由後面攀登。不如委曲求全，工作反而能更早完成。

老二在這方面占點兒便宜，她驅逐的時候是真揍，使瑋瑋哭著爬到我的書桌上來傷心：『我沒有自己的地方！』她說。當然，根據老二的原則，我也可以狠一點兒，把這個可愛的球踢給鄰室的老大。老大也可以狠一點兒，把這個可愛的球踢給額上掛著汗珠在廚房裡忙晚飯的媽媽。

不過，我是反對踢孩子的。我在第二天早上陪著太太出去給三歲的瑋瑋買了一張書桌。這就是她的「自己的地方」了。從此，我們的書桌得到安寧。她從此不再入寇。

三歲孩子的書桌是一種可怕的東西，凡是那種年齡的孩子所能造成的髒亂，那裡一切具備。不過那是塞外。我勸太太：在我們自己忙得擡不起頭來的時候，最好不去干涉匈奴的生活方式。

# 她

她一直是我的反對黨。我們家裡所完成的一切建設，所做的一切事情，都只不過是協議的結果罷了。

在她的觀念裡，我也一直是她的反對黨。我們家裡所完成的一切建設，所做的一切事情，都只不過是協議的結果罷了。

在我寵孩子過分的時候，她不斷的提出強烈的抗議。我答應讓孩子以冰淇淋代飯的時候，得到孩子最熱烈的擁護。但是她冷靜的投下反對票。依據家的憲法，她有不可侵犯的否決權。孩子夢想中的一頓由各色冰淇淋組成的中飯成了泡影，都怪媽媽「不夠童話」，個個咳聲嘆氣。不痛快是不痛快，但是三個小寶寶卻逃過一場可能發生的「八月瀉」的災禍。

有一位已經到天上去了的妙爸爸型的摯友，有一次在一個「男人試談家事」的場合，祕密的告訴我說，對於不肯吃飯的孩子他有一套很好的辦法。他叫我「附耳過去」，伸右手放在嘴邊當臨時的「隔音設備」說：『白糖拌飯。』我家老大、老二，一向不肯吃飯，所以這種「男人的偏方」我很誠懇的接受了。回家以後，我很興奮的拉她來討論，並且杜撰了許多科學根據（現代人個個都有這種編造科學的神話的本領）。她很有耐心的等我下完了結論，然後很冷靜的加以否決。我是有點兒氣惱，但是在家的憲法面前，我只好忍氣吞聲。

有一次我看完「鐵達尼郵船」的故事，忽然覺得應該讓孩子去學游泳，理由是萬一孩子掉在水裡，可以「永遠不死」。家裡有個反對黨，辦事不容易，得預先擬好理由。我把理由分為兩部分。第一部分是帶著童話色彩的，例如孩子像魚一樣在水裡游會給大人一種無法形容的愉快，孩子多曬太陽會造成一種淡褐的美觀的膚色等等。我要先拿這些理由逗她反對。然後我再拿出較厲害的第二部分，例如人類應該磨鍊在惡劣的環境中求生的技能等等，否決她的否決！

回家以後，金色的團聚一開始，我就鼓動我的「議員的舌頭」。我含笑發言，因為我相信我這一次一定不會失敗。我從孩子的眼神，知道我一下子就得到小國的支持。

我的反對黨不等我把話說完，就起立宣布：『這件事情交給我辦！』接連三天，她打電話向各家游泳學校打聽學費，辦理報名，採購游泳衣。她的做法完全失去反對黨的立場，反倒使我手足無措。我想出種種辦法去反對她的贊成，但是完全無效，因為我所能提出的反對的理由，我自己在三天前早就逐一把它駁倒過了。這真是一次看似勝利的失敗。這全是由於我的反對黨「不務正業」造成的。

我跟我的反對黨都有一種「自衛作用」所造成的「矜持」。我們無論在外面失敗得多慘，回家絕不洩漏機密。有時候我在「社會上」遭遇到慘敗，臉上帶著晦氣。回家的第一件事就是用肥皂洗臉，並且用勇士電鬍刀刮鬍子，若無其事的去跟早就伺機跟我談天的孩子談天。我的反對黨是精明的，因為下班刮臉並不是我一向所有的「美德」。

『今天有什麼事嗎？』她會試探。

『沒有哇！我不是很好嗎？』我會掩飾。

『媽媽老是把爸爸看成一片玻璃。』知道得不多的孩子，也會用這種「家語」替我撐腰，意思是爸爸哪會這般脆弱。

我的反對黨既然也是職員，所以她也難逃在「社會上」遇到慘敗的命運。這是很值得我高興的。她敗得越慘，對我越有利。我可以從她帶她所反對的糖回家請孩子吃看出消息。我可以從她無緣無故給大家安排打牙祭看出紋路。

『今天沒有什麼事嗎？』我用否定的問句問她。

『我說過有事嗎？』她用疑問句回答。

『爸爸老是把媽媽看成一片玻璃。』知道得不多的孩子也替她撐腰。

為了矜持的緣故，我跟我的反對黨無形中都在那兒比賽吃黃連的本領。大家都在期待對方求救，此後好伸張自己的發言權；可是誰也不肯那麼傻。這是一失足成千古恨的傻事啊。事情就成為這樣：誰發牢騷誰吃虧；不管在外頭敗得多慘，也只好把苦水往肚子裡嚥。失敗的氣氛進不了家。孩子也學會了這一套本領。

如果是在學校敗得很慘，回家就靜悄悄的閉門讀書，而且還學孔明在城牆上彈琴似的，低聲哼歌兒；同時對待父母格外「仁慈」。她們也知道，只要一落淚，在家裡的「社會地位」就一落千丈。

老大從前沒摸清家裡的「社會風氣」，有一次上街被兩個在街上奔跑的莽撞的高中男生撞傷了頭，回家雙眼帶著珍珠。雖然大家也都「盡職」的安慰她，可是事後她發現在家裡的「社會地位」足足低落了四五天，非常不合算，最後就很聰明的改了。

我的反對黨最使我難堪的是「輕易立法」。差不多每天她都有新發現，馬上就宣布要立一條新法。她的新法比王安石還多，像一部會生長的百科全書，天天增添，記不勝記。根據她的法規，我吃飯之前要經過十八道手續。我寧可不吃飯，但是賭氣不吃飯又犯了家裡的「十誡」。

我的對抗的方法是跟她進行立法競賽。我的立法比她還滑稽苛細。在她覺得我的法條好笑的時候，也發現她自己的法條性質相近。這個方法靈，一次可以廢止她的立法十幾條，單剩我也不好反對的：吃飯要先洗手。

因為彼此有「無限制為對方立法」權，為了維護自己的權利，當然慢慢形成一種「彼此同意的否決」的風氣，盡量避免侵犯對方的人權。我跟我的反對黨的日常會話演變成這樣：

『你是不是應該去洗澡啦？』

『對。』

『你能不能幫我填一填稅單？』

『好吧。』

『明天你可以不可以帶孩子去註冊？』

『行。』

『這件衣服髒了，洗一洗麻煩不麻煩？』

『一點兒也不麻煩。』

家裡的「國語文法」少了「命令句」那一章，可是每一個分子比「有命令句的家庭」裡的人還難對付。

『今天好像要下雨，你想不想帶傘？』
『好，謝謝。』
『冷啊。你想不想多穿一件毛衣？』
『對了。』
這是我的反對黨跟我的孩子的對話。
我並不是不關心我的反對黨，我的反對黨並不是不關心我，但是我們不能失卻彼此的立場。家裡出現了絕對的權威，總不是家庭之福。我們的互相制衡，雖然給許多「朋友家庭」許多不方便，但是卻可以防止家中暴君或昏君的出現。
其實，拋開「治家的神聖使命」不談，我跟她的私人感情是很好很好的。

# 送別赫邱里斯

赫邱里斯牠走了。

這都是因為我不懂得怎樣跟狗相處，才會發生這樣的事。要是狗也有學者，也寫狗書，讓我好好兒多讀幾冊，這樣的事情也許根本就不會發生。

深夜工作我是寂寞的，因為我所愛的人都已經靜靜睡著了。要是在幾天以前，我可以悄悄打開門，讓三個月大的赫邱里斯像一匹小人國的駿馬，昂頭挺胸的進入客廳。先看牠像小蝌蚪放進游泳池，像一年級小學生在上課時間獲准進入大操場，小軀體在突然出現的無限大的空間裡嘗到無限自由的味道，快樂爆發，滿地撒歡兒。再看牠繞場幾十周，或者「向四面八方進軍都走不到地球邊緣」所以感到滿足以後，忽然停在書房門口。後半身矮了半截，坐在那兒，向左歪頭，向右歪頭，雙眼發出電光，尾巴擊地，啪啪有聲。這真能給寂寞的人一種溫暖。

書房的地板，顏色深褐，跟客廳的磨石子地大不相同。這對牠有一種嚇阻作用。牠實在還是個「小孩子」，牠不敢走進陌生的顏色，牠怕。就這樣兒，我召喚牠進來，坐在書房門口陪我寫字，陪我看書。

對於這樣的處境牠不滿足。牠想進來，用溼溼的舌頭舔我的腳，跟我親熱。我知道。但是牠不敢，伸出前爪在地板上輕輕一碰，即刻很快的縮回去。牠怕。我不鼓勵牠；只要我不鼓勵牠，牠就不敢進來。不敢進來，我的書就保險了。書安全，心溫暖；只是牠有點兒受拘束就是了。

看完書，寫完稿，牠「哭哭啼啼」的被我送出廳門外。我關了門，滅了燈，打開牀頭不滅的火炬，又去享受造成我的「眼鏡生涯」的臥讀之樂。任憑牠在外面抓紗門，任憑牠在外面呼喊，任憑牠在外面發出被遺棄的哀鳴。我已經不需要牠了。人類真是狗的最不義的同伴啊！

英國十五六世紀的寓意劇裡，擅長把抽象觀念人格化，因此「事實」也會出來「告訴」我們話。中國文學作品裡，擅長使無生物有情，把植物礦物擬人化，因此「草木」會「含悲」，「風雲」也會「變色」。又有伊索和莊子，兩個人一前一後，都是「設法使動物會說話」的名人。

一個人只要讀了書，勢必變得格外多情。你想想，「良心」也是人，「事實」也是人，「勇敢」也是人，花也是人，石頭也是人，草也是人，樹木也是人，大鵬也是人，狐狸也是人，烏龜也是人，白兔也是人，月亮也是人，風也是人，狗也是人，人當然更是人。一個人活在這樣的世界裡，人情負擔豈不太重了？

我們都是這種人類文化的產物。我們都生活在這樣的世界裡。自從赫邱里斯進門以後，「良心」就告訴我說：『赫邱里斯也是人，你應該好好兒對待牠。牠最多不過三個月大，就早早兒的離開母親的懷抱，也不講究斷奶不斷奶，昨天還吃媽媽的乳汁，今天就吃起稀飯來，真是能幹得叫人心酸。要是你自己的孩子（你這個把櫻櫻、琪琪、瑋瑋當寶貝的偏心人），你捨得嗎？』

可是「理智」又告訴我說：『這是什麼話！人是人，狗是狗，你都分不清？如果你聽任感情氾濫，早晚要變成神經病。黛玉葬花不是人人笑她癡嗎？如今你要把狗當兒子養，不是比她更癡一層嗎？對待人，對待狗，應該各有各的分寸，這才像一個理性的君子。』

「良心」公公和「理性」婆婆在我心裡鬧意見。早晨看赫邱里斯是一隻狗，中午看赫邱里斯是一個人；下午看赫邱里斯是一個人，晚上看赫邱里斯又是一隻狗。我的心真亂。

正像我太太所說的：『赫邱里斯還小，自然不大懂事，你不能對牠過分計較。』她把赫邱里斯看成人了。天啊，她也是我前面所說的那種人類文化的產物，像我一樣。

孩子們的態度更叫我心驚。除了沒上幼稚園以外，赫邱里斯簡直已經成為「兒童節」三個字裡的「兒童」了。很顯然，根據實際情況，連我們的戶口名簿上也該添上新分子了。

就在這陣全家「鬧」狗的日子裡，我和赫邱里斯漸漸建立了「彼此都是脊椎動物」的感情；甚至更進一步，產生了「彼此都是哺乳類」的小同鄉意識。不過很不幸的，我的「靈長類」優越感常常出來作祟，竟造成了我對牠的反感，也造成了牠的「離家」。

我不該看見牠在走廊上拉的屎就隨便開口抱怨。我不該看見牠在客廳門外撒的溺就很誇張的在孩子面前皺眉頭。我的鼻子也不該靈到能聞到院子裡有一股奇怪的氣味。總之，我不該殘忍到逼我的孩子萬分為難的在「使爸爸快樂」或「使狗快樂」中間作抉擇。

雖然我並沒有那個意思，但是我無意中犯了天底下作父母所能犯的最大的罪：把自己和子女所愛的擺在一起，逼子女作心碎的選擇。如果我真犯了這種不可饒恕的罪，我實在是無辜的。

太太是子女的牧者。我那種「赫邱里斯已經咬破了我的精神生活」的表情，一定使她心碎，經過一番內心的掙扎以後，打動了她「逐狗救夫」的至情（我不該這樣粗俗的形容夫婦間神聖的情分）。必定是她說服了孩子，所以擅長懇談的櫻櫻，說理斬截的琪琪，自知「有求必應」的瑋瑋，都沒有給我多少麻煩，就共同宣告要把赫邱里斯送走。

第二天中午，赫邱里斯連小包袱也不帶，就被送走了。好意收留赫邱里斯，為我們家解決難題的，是孩子們的慈愛的張伯母。牠走的時候，毫無怨言，而且帶著一種「既然我不能讓您稱心滿意，我走就是了」的「天命如此」的最佳君子風度，反而使我在牠面前自覺是個吹毛求疵的小氣人。我走近牠身邊，牠坦然搖擺尾巴，熱情依舊，忠義依舊。我的四個月大的小對頭，我真該慚愧！

我站在門口送牠。孩子們跟我說「回頭見」，小赫邱里斯卻扭動小屁股，頭也不回的往前走去。這一別，從此再沒見到牠了。

有一次孩子們到張伯母家去看望牠，回來說：『赫邱里斯見了我們，還記得，直搖尾巴。要經過多久，赫邱里斯才會忘了從前的朋友？』

我不敢回答。

孩子們對我沒有一點怨意。

太太對我沒有一點怨意。

赫邱里斯對我也沒有一點怨意。
我是一個幸福的人，一個應該深深懺悔的幸福人。

# 白雪

赫邱里斯牠已經走了。

三個孩子都好像沒有球打的球員，沒有戲唱的演員。臉上的表情像是：沒有冰淇淋的夏天，沒有小柏樹的聖誕節。

走廊上沒有赫邱里斯拉的屎，撒的溺；院子裡也沒有使人皺眉的怪味道。但是這種淒涼的乾淨，並沒有給孩子帶來整潔的快樂。有狗的亂亂騰騰的日子，就像被滑梯磨破的褲子，都是歡樂童年的象徵。對孩子的精神健康來說，整潔就是貧血。在落葉堆裡打滾兒，在水溝邊放紙船兒，頭髮上掛滿蛛絲的躲迷藏，雙手沾滿爛泥的家家酒，這都是不乾淨的。不乾淨是不乾淨，童年沒有這些東西就不行。

塵埃落地，一片死寂。

孩子用不能抱狗的手去捧書，閱讀厭惡狗的父親一向熱烈推薦的《窮兒苦狗記》、《來喜回家》，慢慢體驗出從前父親嘴裡的狗，原來只是用字寫出來的狗。狗的漂亮，只是句子漂亮；狗的可愛，只是文法精確。

櫻櫻抽屜裡的瓷狗搬出來了，擺在書桌上陪她做功課。閒下來就不知道怎麼辦的琪琪，嘴上老掛著：『家裡還有什麼好書？』瑋瑋拖著兩頭空的狗鏈，滿客廳亂跑：『赫邱里斯快走！赫邱里斯快走！』

最不敏感的人，也可以感覺到赫邱里斯並沒有走遠，牠用另外一種方式留在家裡。最粗心的人，也可以體會出孩子對父親的愛，所付的代價太高，高到負擔不起。一個父親在家庭裡的地位不能太崇高。太高的地位常常使子女把他的不合理當作真理。無論從哪一種觀點來看，這都是一種罪惡。

不久，新輿論形成了，雖然是無聲的，但是比有聲更清楚：『我們還要一隻狗！我們還要一隻狗！』

態度堅決，但是心腸太軟的媽媽，先屈服了。『我看還是給孩子再買一隻狗。』這種話是她先說出來的。

家中幾天來寂寞淒清，孩子和媽媽的腦子卻活動不停。孩子知道父親跟狗的衝突，原因是狗髒。孩子為難，因為無論哪一隻狗，都有父親所討厭的那種「根本就不髒的髒」。要找一隻沒有那種「根本就不髒的髒」的狗，可不容易。

但是媽媽知道對付已經有悔意的人；只要條件過得去，使他有臺階兒下，總可以達成彼此光榮的協議。這是一種「聯合國的智慧」。她明白要完全排除孩子心目中的「根本就不髒的髒」根本不可能。但是她知道有一種「看起來最不髒的狗」。她還知道使別人屈服還能自覺光榮的好方法，就是替別人製造屈服的光榮理由。當然這也是一種「聯合國的智慧」，是強國的外交官所不能不懂的。孩子知道媽媽是家中的強者；但是強者如果不運用智慧根本就強不起來，這是孩子所不知道的。

媽媽心目中的「看起來最不髒的狗」是白狗。媽媽製造「光榮屈服」的辦法是端起英文兒童百科全書，翻到「狗」條，指著彩色精印插圖上的一隻狐狸狗，問那個因為逐狗而事實上已經受孩子冷落了的人：那隻狐狸狗是不是狐狸狗？當然是。

『狐狸狗如果是白的，是不是很可愛？』當然可愛。

她讓一向只能接受紙上的狗的人，賞玩了一陣不拉屎撒溺的狗，然後說：『你不反對吧？』

彼此對於當時家裡的緊張氣氛都有充分了解；現實生活裡的對話，用不著像寫劇本那樣交代得一清二楚。屈服了的人，很光榮的點點頭，並且很「嫵媚」的留下一點「不成問題的問題」：『可是哪兒去找這種狗呢？』這也是一種「聯合國的智慧」，是弱國的外交官所不可不懂的。

『我已經找到了，定錢也付了。』多獨斷的行為！

這就是「斯諾」進入家裡的緣由。因為「不愛狗的父親」的緣故，孩子們失去赫邱里斯；因為媽媽的出面調解，孩子們得到「斯諾」。「斯諾」就是白雪，狗不能姓白名雪，所以就叫「斯諾」。「斯諾」是家裡吸收的外來語。

本來不想把「斯諾」叫「斯諾」。孩子們請「不懂得愛狗的父親」給「還不是斯諾的斯諾」命名的時候，「中獎」、「加薪」、「升級」這三個吉利的狗名兒都「被」提出來考慮過。

孩子們連考慮都不考慮的說：『爸爸，您別這樣子麼！』其實，「中獎」、「加薪」、「升級」跟「來喜」、「來福」、「來富」還不是一樣？只不過是「略微」現代化了一點兒罷了。

就叫「斯諾」吧。

剛念過一兩年「自然」的琪琪，形容斯諾全身的「羽毛」像（她從來沒見過的）雪那麼白。牠是一隻剛滿月的小小的軟軟的白狐狸狗。蓬鬆的白毛裡「藏著很多空氣」，所以身框兒看起來很大。媽媽抱牠進門的時候，琪琪看了一眼，很失望的說：『擺在電視機上的。』

『不是委託商行買來的。』媽媽說。『把手伸過來摸摸看，熱的。』

孩子們一聲歡呼，六隻手一齊上。媽媽在亂軍中撒開手，斯諾成為孩子爭奪的白籃球。混亂的結果，勝利者竟是兩尺半高的瑋瑋。她滿頭大汗，左手摟緊斯諾，右手推開群眾，大喊：『走開！』

斯諾像一隻用過的舊麵粉袋，斜掛在瑋瑋的臂彎兒上。斯諾從進門的頭一天起，就命定要成為這個「三歲半」的玩具，雖然事實上牠並不是絨線做的玩具狗。

像赫邱里斯一樣，斯諾進門的第三天就行「受洗禮」。牠受洗的時候，一家人都走進了洗澡間，電吹髮器也準備好了。洗澡用的是溫水，怕牠感冒。從前赫邱里斯受洗的時候，身材原來多大，下水還是那麼大。赫邱里斯是短毛狗。斯諾毛長；在白毛裡「藏著很多空氣」的時候，看起來非常健美，可是一下水，白毛貼身，看起來就像一隻白老鼠，簡直可以放在孩子的鉛筆盒裡。

『會死！』瑋瑋看了心驚。

就像孩子說的，媽媽「把牠全身的跳蚤都洗掉」以後，洗禮就完成了。牠發抖。電吹髮器怒吼起來。熱呼呼的熱風，不到七分鐘就把牠全身的「頭髮」都吹乾了。孩子們輪流抱牠，稱讚牠「勇敢」。從此斯諾成為家中的一員。

孩子們越愛斯諾，就越為斯諾的命運擔心。大家已經談論起「爸爸和狗」的問題來了。

『爸爸會不會不喜歡斯諾？』

『我想不會。他好像不大管斯諾。』

『不大管斯諾就是不喜歡斯諾！』
『不大管斯諾就是喜歡斯諾！』

# 瑋瑋跟斯諾

連牠進門「受洗」的那一次計算在內，斯諾已經洗過兩次澡了，但是牠的毛看起來總是髒髒的，色澤好像一雙舊網球鞋。

琪琪夜裡只要做完功課能擠出「一絲絲」的時間跟媽媽談談天，她們互相交換的對話通常是這樣：

『媽，該給斯諾洗澡了。』

『好。趕快去睡。明天還得早起上學啊！』

『好。明天見！』

『好。』

櫻櫻每天晚上趕完功課，總要發表一些「短評」，才肯去睡：

『斯諾的血統，大概不純。牠的白毛怎麼看起來是灰的？』

『白狗不白，就沒有美感了！』

『是不是所有美麗的東西都比較難照顧？』

櫻櫻、琪琪都不知道，在太太跟我的嘴裡，斯諾有個外號兒，叫做「瑋瑋的毛巾」。

斯諾的髒，有兩個原因。第一個原因是牠自己不懂衛生。臺北市正在「換牙期」，天天有人拔「稚齒」，天天有「恆齒」長出來，到處都在「鬧」建築。我們家附近，動工的四層樓就有三四座。瑋瑋嘴裡的「天上的人」，指的就是那些在高處忙碌的建築工人。這些天上的人不散花，只散灰土。家裡的院子，就像不洗臉的孩子，永遠有一層掃不掉的灰土。花壇裡的花樹，真正的「蒙塵」了。

斯諾不是「實用的家常狗」，也不是「實惠的肉食狗」。牠跟西太后的那種哈巴狗同屬「愛物狗」，天生的懂得許多「雜耍」。牠跳起來後腿離地就有三四寸高，像一枝向上斜射的箭，像一匹奮起的小「怒馬」。牠喜歡仰臥在地上，像一隻翻了身的蟑螂。牠露出瑋瑋所說的「不穿褲子」的白肚子，對人類表示好感。等牠站起來的時候，背上的毛全變了色。

斯諾髒的第二個原因，是瑋瑋的不懂衛生。瑋瑋的手是細菌學者的圖書館，同時也是歐普畫家的調色板。她正在人生的「鯨吞經驗」的階段，手是她的觸鬚，許多寶貴的知識和感覺都是摸出的。對她來說，「軟軟的」就是「可愛的」，「粗粗的」就是醜的同義語。

既然斯諾整天不離她左右，那麼在她雙手「充滿經驗」或者「經驗過多」的時候，身邊的斯諾就成了她最方便的白毛巾。這就是斯諾白毛變色的主要原因。斯諾白毛「蒙塵」的時候，只要跳跳「草裙舞」就可以「潔身」；可是對於瑋瑋拿牠當毛巾的事，牠一點辦法也沒有。狗不會照鏡子，不然的話，牠對瑋瑋一定很「反感」。如果不是那「第二次澡」，斯諾早變成花狗了。

斯諾的身上有墨水的藍，粉蠟筆的綠，媽媽的唇膏的紅，番茄醬的朱，鐵鏽的咖啡色。有一次回家，看見斯諾的「小白臉」全是黑墨汁，不由得對瑋瑋的「無罪的虐待」大大憤怒。只有這個全然蔑視人類文明的「小落後民族」，才敢把「白雪」弄成「黛玉」！

在全家氣惱的時候，瑋瑋竟為她的原始美術「感到驕傲」，清清脆脆的哈哈大笑，報告她的奮鬥經過說：『本來牠不肯！牠本來不肯！』然後用領獎的神態，擡起頭，仰望家中諸長者，靜等佳音。她當然得不到她所說的「禮物」，但是也沒失敗到領受琪琪所說的「給她一頓屁股」。大家掉頭走開，把她「冷落」在客廳裡，讓這個小野蠻人去體會她在文明社會的地位。

嬰兒是人類生命的象徵，從自己獲得生命的那一天起，就有了很自負的生命意識，深深體會到長者對生命的崇拜，對生命的珍惜。嬰兒這樣受寵，很自然的就很容易有「只有我才是生命」的「語前意識」。嬰兒不會說話，嬰兒的思想只是一種「沒有語言的思想」，都是「非筆墨所能形容」的。

像瑋瑋這樣的小孩子，對於小動物有很濃厚的興趣，只是「求知慾」的表現。她對小動物很不客氣，就是「語前意識」作祟，是對別的可愛的新生命的一種妒忌。「愛動物」的心境，對瑋瑋來說，實在還早得很。別人對斯諾的關心，對瑋瑋是很大的精神威脅。她急於告訴斯諾的話，是「我可以隨意處置你」！

櫻櫻、琪琪兩個小人兒跟瑋瑋的衝突，越來越尖銳化。在櫻櫻、琪琪的眼中，瑋瑋是明顯的「虐待動物」。在瑋瑋的眼中，櫻櫻、琪琪是在她處理「內部問題」的時候對她的無理干預。

為了息爭，家裡對斯諾的「分配」是這樣兒：櫻櫻、琪琪上學的時候，斯諾是瑋瑋的狗；瑋瑋睡覺的時候，斯諾是櫻櫻、琪琪的狗；三個孩子都在場的時候，斯諾是媽媽的狗。

媽媽以「待狗之道」待狗，櫻櫻、琪琪寵狗，瑋瑋折磨狗。

斯諾剛來的時候，牠的眼神帶著「稚氣」。瑋瑋把牠摟「扁」了的時候，牠眼中露出來的是「不知有漢，無論魏晉」的茫然神態。可是受過無數的折磨以後，牠變得早熟了，眼中露出含有「反抗」和「向大人求援」的神氣。

瑋瑋不「抱」斯諾。她習慣從「任何部位」把斯諾「抓」起來。有時候從耳朵，有時候從後腿，有時候從尾巴，有時候從一撮毛，有時候從肚皮。最可怕的是從斯諾的秀氣的項圈，猛一往上提，勒得斯諾嗚嗚呼救。大人不緊急赴援，瑋瑋不輕易放手。

有時候，她把塑膠狗鏈的這一頭兒掛在凳子腿兒上，讓斯諾拖著走。她像隋煬帝那樣看著縴夫大賣力氣而得意。她有時候把斯諾「埋」在三四個椅墊下，像秦始皇那樣享受「坑儒之樂」。

她真像櫻櫻所控訴的：整天興奮，研究虐待動物的方法！

觀察瑋瑋的行為，就可以知道連「孩子都喜歡小動物」這句家常話內容也是相當複雜的。

斯諾在瑋瑋手上，實在叫人沒法兒把牠形容成「一個可愛的小孩子抱著一隻可愛的狗」。正確的形容應該是：一個居心不良的小暴徒，臂彎裡夾著一隻「變形動物」。

圓圓肥肥軟軟的斯諾，一到瑋瑋的手裡，連形狀都變了。她有時候只拿住斯諾的頭，使牠身體細長像蛇；有時候夾緊斯諾的肚子，使牠兩頭兒「圓滿」像啞鈴；有時候只抱住後腿，使牠倒掛像兒童科學讀物上的「樹懶」。

多少次的「對牛傳道」，只使瑋瑋覺得父親「關心狗的地方多，關心孩子的地方少」。幸喜「狗也不是好惹的東西」，斯諾也反抗了。牠用帶著「維也納兒童合唱團」式的童音，向瑋瑋狂吠，牠用咬不斷麵包的「童齒」咬瑋瑋的長褲。牠的反抗中止了瑋瑋的暴政。但是瑋瑋也是不容易屈服的，她也開始進行政治活動：

今天早晨，瑋瑋把擺在電視機上的粉紅色玩具哈巴狗抱到書房裡，說：『斯諾會大便，會小便，會咬人。這隻狗不大便，不小便，不咬人。爸爸，我們還是喜歡這隻狗吧！』

卷三

# 到金山去

# 備考

在考試的前幾天，我發現我跟太太已經有輕微神經衰弱症的徵象。我們都聽得見針落地。風吹樹葉，我們就豎起耳朵。家裡嚴格實行聲音管制。電視機二十四小時關閉。不許唱歌，不許高聲說話。

大家都知道這是為了老大要考中學，但是沒有人知道聲音管制跟她的考取考不取有什麼必然的關係。嚴格的說，聲音管制的受害人，實際上只有我一個。我每天進入家門，總要提醒自己：『當心，別把興奮帶進家裡。櫻櫻現在需要絕對的寧靜，她的大腦正在處理細如毫末的事物，一點，一撇，一勾，二十五分之十八，三，一四一六。我不能有一點聲音。這是太太說的。』

太太在緊張的氣氛中，自動出來做聲音管制的執法者。她「大聲」的制止這個人、那個人說話，「大聲」的查問各種聲音的來源。在執法的時候，她以不受管制的聲音來管制聲音。一家人對她的印象，就跟看到交通警察超速駕車追趕超速汽車一樣。為了制止別人逍遙法外，執法者給人一種「逍遙法內」的印象。

受寵的老三是一個「噪音製造機」，在聲音管制期間她製造的噪音比往日都多。她明明知道別人對她的干涉不含「嚴重的意味」，所以她製造噪音比平日更勤，以便多多引起干涉，讓日子過得更不寂寞些。她有時候故意讓空餅乾鐵盒「不小心」掉到地上，微笑等待大人急奔而來。大人的緊張，在天真的瑋瑋的天真的眼裡，是很「天真爛漫」，很「可愛」的。

精明的老二這一次表現得很好。她利用大家把注意力集中在老大身上的時候，盡情享受「不受干涉」的大自由。父母兩個人每天竊竊低語，忙著「念考經」，差不多已經忘了她的存在。她樂得悶頭兒看書，一聲不響。在書桌和電冰箱的交通線上，她來往頻繁，有吃有喝，再也不問世事。老大要考學校的事，她反正幫不上忙；幫不上忙索性少「熱心」，免得惹麻煩上身。

老大自己就是這件大事的主角，是唯一不受聲音管制影響的要人，她愛用什麼聲調念書，用多強多弱的聲音朗誦，完全自由。她是那一段時間裡家中第一個「自由發音人」。

不過這種小優待並沒使她得到多少真正的自由。在那幾天裡，她受到的從父母那方面來的干涉實在太多了。

父親忽然認為考試成功的條件是身體的健康和精神的充沛，於是就一天到晚督促她去休息和運動。母親忽然覺得身體健康固然重要，可是腦子裡如果空無一物，怎麼能去赴考？考試又不是舉重比賽。於是一天到晚督促她坐在書桌前面「苦修」。當時的情形非常微妙。從好處說，她懶散，父親高興；她開夜車，母親欣慰。從壞處說，她休息，母親不樂；她開夜車，父親心憂。在父母都不知道怎麼辦才好的時候，她自己也不知道怎麼辦才好了。

有時候，我忽然覺得我的看法並不「安全可靠」，即刻放棄偏見，鼓勵櫻櫻完全接受媽媽的主張。但是太太卻在同一個時間，認為她的主張「太冒險」，極力勸櫻櫻聽從爸爸的意見。

我會在半夜裡醒來，想起一套理想的總複習計畫，盤算著怎麼設法叫櫻櫻接受我的安排。

太太也會在清晨把我搖醒：說：『你說櫻櫻這樣溫習有效嗎？依我的看法，她應該……。』原來太太也有自己的一套計畫。

問櫻櫻，她也有一套計畫。但是在這緊要關頭，她變得非常謙虛：『如果你們有更好的，還是用你們的辦法好。我不知道我的辦法能不能一定考上。』

如果能有一場爭執，那多好。沒有爭執，也就產生不了「堅持」，因此三個人全沒有了辦法了。

最後的辦法還是我想出來的：既然不是我要考，也不是太太要考，所以我們的辦法對櫻櫻不一定適用。要考的是櫻櫻，所以她應該有辦法。如果連她也沒辦法，那就「完全沒有辦法」了。

我的結論是：櫻櫻應該像一個「大丈夫」、「男子漢」（琪琪認為應該改成「女子漢」），她應該自己去「面對現實」，自己去掙扎（兩個大人早緊張得沒力量幫她掙扎了）。

櫻櫻對於「常常把算術應用題當作語文問題來研究，而且一研究就是兩三個鐘頭，而且研究通了就要高興三四天，而且見了朋友就要談起最近解決了一道算術難題」的爸爸，以及「一邊炒菜，一邊把她的算術課本擺在瑗珊食譜的位置，用算盤代替筆算，解答一道題目要一頓飯工夫」的媽媽，都不敢抱什麼奢望，因為學校規定算術考試的時間是六十分鐘，並不是六百分鐘。

看樣子，櫻櫻不挺身當一個「女子漢」也不行了。

這樣決定以後，我們開始把櫻櫻「放大」，讓她成為自己命運的主宰。我們收回一切干預，另外送她許多「責任感」。

家長看自己的小孩子為她自己的命運掙扎，是一件非常難受的事情。並不是心疼，而是「技癢」，動不動就想免費出來「示範」，動不動就想在孩子面前「露一手兒」。要抑制這種衝動，並不簡單。我所說的「難受」，指的就是這一點。

如果學校規定，考生的直系親屬可以入場代考，我想，考試的那一天，所有的「父親」一定全體到場。想想那個場面！滿場的博士、碩士、襄理、主任，在那兒抓耳撓腮，讓他們的來「陪考」的一群孩子們，在場外替他們著急。而且有的要咖啡，有的要雪茄，有的要香菸，有的要高粱酒，有的要龍井茶，因為沒有這些東西，他們寫不出字來。真不敢想像。

話說回來。不管大人多麼想為自己的孩子「犧牲一切」，考試的成敗，關鍵還是在小孩子的那個「小大腦」。讓那個小大腦自己成熟，比什麼都要緊。

全家既然有了這樣的最後決策，事情就變得單純多了。太太沒事好干預，只好退一步，干預起孩子的胃來：不斷的供應各種想不到的營養品。我是決定一切不干預了，不過也很聰明的想到另外一種新的「不違憲的干預」：干預孩子睡眠時間。

在那一段日子裡，櫻櫻過的是『你把這個吃下去！』和『該睡了！』的生活。她的唯一的工作，就是「裝備她的大腦」。

我緩步輕聲，像醫院裡的男護士。太太到處巡邏，取締噪音。琪琪盡情享受精神和物質的食糧，整天跟兒童讀物和兒童食物作伴，不問世事。瑋瑋敲敲打打，向寂寞抗議。

櫻櫻成為書桌前面的「電瓶」，靜靜的，吃力的充電。

沒有人知道前途如何，但是總算有個「同心協力」的局面，一致為「備考」而奮鬥。

# 餵

每一個小孩子都是餵大的。在斷了奶，可是又不會拿筷子的那段時期，他們享受到「餵」。

「餵」是一個偉大的字。「餵」是一把銀色的小調羹，裝著一小口生命的食糧。「餵」是一隻仁慈的手，曾經拿劍，曾經拿筆，但是在拿著小銀調羹的時候，它發出聖潔的光輝。「餵」是一顆充滿愛的心，它在忍受「愛的折磨」的時候，有一種令人崇拜讚頌的無窮的耐性。

一個小孩子在享受「餵」的時候，他是在享受上一代的愛。他會用種種想得出來的方法，盡量把這個「人生階段」拖長。如果可能的話，每個小孩子都希望能被大人餵到老。

「餵」的內容太豐富了。它包括人間一切的愛和溫暖。

夕陽裡，大門口，小孫子坐在臺階，爺爺坐在矮凳上，一碗飯，一把小銀調羹，一老一小在那裡「餵」。這就是使人動心的「人間」。

有許多爺爺，許多父親，從來沒有「餵」過。這是一種很大的遺憾。只拿過劍，從來沒拿過小銀調羹的手，不會是一隻真正偉大的手。只拿過筆，從來沒拿過小銀調羹的手，不會是一隻真正不朽的手。

比較起來，我的手是幸運的，因為它三次握過小銀調羹。跟朋友握手的時候，我希望我握的也是一隻拿過小銀調羹的手。我用我的手祝福朋友的手。

櫻櫻初斷奶的時候，我靜靜坐在書桌前，手裡拿著書，看太太餵我們的第一個孩子。一人一隻矮凳子，面對面坐著。太太的手，把小銀調羹送到櫻櫻的面前。小嘴兒張開了，接下那一小口稀飯，細細的嚼。我不知道太太怎麼會那麼自然的懂得「餵」。我也不知道櫻櫻怎麼會那麼自然的懂得接受「餵」。我覺得這一切是很神聖，很使人動心的。

不知道由哪一天開始，我的手放下書，也拿起了銀調羹。第一次拿銀調羹，非筆，非劍，我的沒有經驗的手卻並不失措。櫻櫻張開小嘴，接受我送到她嘴邊的第一小口飯的時候，我聽到天使歌唱，我的心在呼喊：『我做了爸爸！』

一切美好的事情都有美麗的開頭。不過，真正懂得人生的人都知道，「美好的開頭使事情成功了一半」並不真。這個世界到處是美好的開頭，同時也到處是「只成功了一半」的事業。美好的開頭不能結美好的果實。真正使事業成功，使一個人有成就的，是無窮的耐心。

甚至連「愛」也不例外。要有始有終的愛一位長輩，愛一個朋友，愛自己的子女，就不能忘記聖經裡兩句有名的關於「愛」的定義：「愛是恆久忍耐」，「愛是不輕易發怒」。

「餵」並不次次像詩，天天像詩。我只能承認開頭兒有點兒像詩。過了那神聖的一刻以後，我發現「餵」是一件艱難的事，使人腦袋冒煙兒的事。隨著時間的增長，櫻櫻在「被餵」的時候出了許多新花樣兒。

「餵」是要講故事的。「餵」是要不停的轉移陣地的，大門口，書桌上，臺階上，水溝邊。「餵」的時候要看人，看狗，看雲，看天。餵一口飯要答應她一個「願望」，餵完那一碗飯，我「債臺高築」，幾乎欠她整個世界。

她把一口飯含在嘴裡的時間，由五分鐘演變成二十分鐘。我由「跟太太搶著餵」演變成「躲餵」。我一邊餵著飯，一邊默誦著「愛是不輕易發怒」，才能勉強把一碗飯餵完。我「豎起的頭髮頂著帽子」，拿著飯碗倚著門框生氣，成了《史記》裡的藺相如。我勉勵自己：「愛是恆久忍耐」。

這個使我「柔腸寸斷」的「被餵人」，現在已經成為捧著講義，站在我的書桌邊，跟我討論什麼是「母音」，什麼是「子音」，什麼是「半元音」的「國際音標人」了。我給她畫發音圖的這隻手，也就是當年為她拿小銀調羹的那隻手。

這一切往事，就像發生在上禮拜六。

有了一次豐富的經驗，我的手磨鍊出耐性來了。在琪琪斷奶的時候，我的手已經有了充分的準備。我拿小銀調羹的姿勢，就像內行的運動員握球拍，正確，而且無法否認它的優美。不過，我的遭遇卻跟上次大大不同。我是吃夠了苦以後出人意料的忽然走上順境。

琪琪的胃口像一隻小狼狗。我得隨時提防，不讓她把小銀調羹也當作食物的一部分。她張開很小的「大嘴」，「啊啊」的催促。剛送過去第一口飯，第二調羹還沒在碗裡「做」好，她已經在那兒催了。

餵小孩子飯，不是倒垃圾，也要講究門道。一調羹一調羹分量要有一定，鬆實要適度，尖平要配合孩子的口形。這是一種使人心中泛起暖意的「祖母的藝術」。

琪琪根本不給我「做」一調羹飯的時間。餵完一碗飯，常常有電影觀眾那種「片子太短」的惋惜。

她當時還在「把哥哥說成多多」的「語言階段」，當然不可能很流利的說國語。可是餵她飯的時候，彷彿聽到她說：『第一口，好，再來。第二口，好，再來。第三口，好，再來。』使人急得冒汗。

在她跟櫻櫻都還很小的時候，有一次太太做了一碗麵，要我「兩個一起餵」，她好去炒菜。結果是琪琪一個人吃下「兩人份」的口糧。櫻櫻卻連「第一口麵」都還沒處理好，只得讓她喝一口湯，才把「早該發酵」的那口麵沖下去。

琪琪拿筷子比櫻櫻還早。在飯桌上，她那雙「奇蹟筷子」做了許多「大人認為根本不可能的事」。她在「吃」的方面，不是「問題兒童」，因此常常鬧許多「吃的問題」，過量，或者食物中毒。

現在，她已經學珠算了。我用為她拿過小銀調羹的手，教她「七上二去五進一」的撥算盤珠兒。

瑋瑋，她是「計劃家庭」裡的得意人，「永恆的最小的孩子」。我這隻被琪琪寵壞了的手，第三度拿小銀調羹，覺得分外沉重。很有耐心的太太，也飽受折磨，最怕瑋瑋那隻能宣布「我要你餵」的小食指指向她。她有「逃避傾向」。每天三餐飯，我跟她，看命運怎麼安排，都有可能做那個被指定的不幸人。這個「不幸」的含義，是指一小時的「坐刑」和同一小時內的「疲勞說故事刑」。

依照教育的原則，感化原則，我講了許多「孩子應該自己吃飯」的故事。我自找麻煩。現在她要求我在餵她飯的時候「重播」這些趣味故事。她不理這些故事的「教育價值」。

「餓她一頓」是最合理的辦法。但是我們在她還沒開始覺得餓的時候，心中先替她懷著「絕食而死」的恐怖。「弱者，你們的名字是父母」。我們常常「怒髮衝冠」的「很柔順的」扛起了小銀調羹。

『我要你餵！』

在白日繁忙的時候，這是多使人心驚肉跳的聲音。可是在靜夜，未嘗不暗暗盼望能多享受一陣這種「充滿善意的折磨」，「充滿怒意的甜蜜」。孩子是要長大的。不久，她就要進幼稚園。不久，她就要「斷餵」了。

# 到金山去

第一天皮膚是紅的，第二天轉成棕色，第三天一家人成了大大小小的黑炭。到金山海邊曬了一天太陽，我們親歷了一次「色變」。

暑假剛開始的時候，家中有一個很大的旅行計畫，拿出日曆、地圖、算盤，在電燈下的餐桌上研究橫貫公路。可惜人類不像蝸牛，不能帶房子出去旅行，這個可能成真的夢，就因為沒人看家，破滅了。我們只不過在「家庭會話」中，相當熱烈的遊歷了一趟「地圖上的橫貫公路」。太太的鉛筆尖兒所到過的地方，對我們來說，都成了夢鄉的名勝。

我們心中的汽車到過天祥，我們還到招待所的游泳池裡去泡水，還遇到幾個外國人，還聽到一個留華學生對風光的讚美：『遮哩的豐精真號！』

『假的！』瑋瑋說。

櫻櫻說的：『超過一天路程的旅行是「旅」不成了。還是找天黑以前可以回來的地方吧！』

這樣的一個地方就是石門水庫。

一家人又熱熱鬧鬧的爬上心中汽車，一直開到地圖上的石門水庫。但是琪琪不怎麼喜歡那個地方，不肯下車。大家又回到臺北。

石門水庫有什麼不好？別人都不知道。

『早就念過了。』琪琪說，意思是她早就在課本上念過關於石門水庫的短小的記載。

自己對石門水庫的興趣也並不高的櫻櫻，對於糾正琪琪的「壞邏輯」興趣卻很高：『橫貫公路你也念過呀。』

『可是我沒去過。』

『石門水庫你去過啦？』

『可是我念過！』

櫻櫻很憤慨的猛然擡起頭，用一種她們在我面前吵架「難解難分」時候一方常有的「舉頭望明月」的姿態，希望我能挺身出來主持正義，及時抑制他方的「野蠻的舌頭」。

遇到這種時候，我不能真像包公那樣的出來「鐵面斷案」，我得運用一點聯合國的智慧。

『你沒有聽懂琪琪的意思。』我對櫻櫻說：『琪琪的意思是凡是她念過的地方都不再去。不過，她想去的地方不算在內——對不對？』

琪琪點點頭，她覺得我是了解她的。

櫻櫻也大樂，她覺得我是「很有頭腦」的，跟她同時發現了她所發現的「對方的顯然缺乏理性」，而且幫她很溫和的挖苦了對方。

暴風雨一向是這麼平息的。

琪琪為什麼不喜歡到石門水庫去？別人都不知道，只有我知道。因為——她就是不喜歡到石門水庫去。這就是原因。

一切的小孩子都是這樣，一切的大人都是這樣，全人類都是這樣。沒有一個「人類」是純理性的。人類只是「在自己所能接受的理性的範圍內追求理性」的高級動物罷了。可是，人類的可愛也就在這種地方啊。

比較起來，人類是更應該稱為「心理學的動物」。『愛人者，人恆愛之。』孟子的話，就是非常「心理學」的。

小時候我不喜歡吃番茄，沒有人能用營養學說服我吃它，沒有人能用邏輯逼我接受它，沒有人能用暴力制服我捏住鼻子嚥它。可是我的母親，根本不知道我不吃番茄，誤拿一個番茄剝皮蘸糖給我吃，我就誤把我不喜歡吃的番茄很高興的吃了。後來我也成為「番茄人」，不是為了營養學的「事實」，不是為了邏輯的「必然」，也不是為了對暴力屈服，只不過是為了母親也吃它罷了。孩子不喜歡去石門水庫玩兒，我並不忙著問她們理由。我忙的是在地圖上找地點讓她們自由表示愛惡。我不能帶孩子到一個「根本不喜歡，可是又辯論不過」的地方去玩兒。那種「理論上應該去」的地方，連我也覺得不值得去。

孩子毫無道理的選擇了她們喜歡的金山海濱浴場，我們全家就高高興興的到金山去了。沒有理論，也沒有辯論，不科學，不地理，不哲學，不歷史，但是個個心中充滿「全家一起去冒險」的那種「瑞士家庭魯賓遜」的喜悅。

我不能不坦白的說，這不是一次「青山綠水」的旅行。這實在是一次「汗」的旅行。

整年在「馬路兩旁的大樓所造成的深溝」裡爬行的「城市之鼠」，一旦到了郊外，對眼中所看到的一切事物，都會泛起一種「奇妙感」。

有一次我參加一個參觀團參觀一個製酒廠。那些由於喜悅而變得興奮、好奇、天真的團員，嘴裡不停的發出『這是什麼？』的問句，對一切都覺得新鮮。大隊走到一條走廊上，一個進入忘我狀態的團員，很熱心的指著牆角一樣東西，很虔敬的請教接待人員。下面是對話：

『這是什麼？』
『掃帚。』
『做什麼用的？』
『掃地。』
『酒廠特別定製的？』
『街上買的。』
『真了不起！』
『哪裡，哪裡。』
火車到了市郊，我又聽到孩子們嘴裡發出那種「參觀團員」式的驚呼：
『人！』
『房子！』
『山！』
『草！』
『樹！』
『狗！』
我也很稚氣的伸出「放假不拿筆」的手，指著車窗外的高空，出我意料的喊一句：『天！』

太太很諒解的，在有節拍的鐵輪聲中，向我點頭微笑，安慰我不必為我的舉動慚愧。為了報答她，我在她歡呼『腳踏車！』的時候，也很同情的微笑點頭，鼓勵她不必為說出去的話後悔。

一家人像一串捆在一起賣的由大而小的螃蟹，擠，趕，追，排隊，全都在一起。我們抵達金山海濱浴場，在租來的大破陽傘下，在黑沙灘上，在濁浪裡，在最平凡的「平凡」裡，我有一次很不平凡的經歷。

我的意思並不是說，像稿子寫熟了的作家那樣，很不負責任的填上了一句「彷彿又回到了童年」，就算是「很不平凡的經歷」。我的真正的意思是說，我當時突然經歷到一種「時間消失」的狀態。我真切的感覺到腳下踩的黑沙灘是故鄉鼓浪嶼的白沙灘。我的太太就是我的弟弟就是我的母親就是我的孩子就是我的外祖母就是我的同學就是我的校長就是我的級任。金山就是鼓浪嶼就是香港就是神戶就是西貢。二十年前就是去年就是昨天就是現在。

我是無「歲」的人。這是很可驚的。

一直到櫻櫻來勸我：『您跪在沙灘上造沙城的樣子——您忘了您是爸爸了！』我還只是「半醒」。

我擡頭看見一個四十多歲的婦人，因為沒帶游泳衣，赤腳打陽傘，穿著全套整齊衣裙，如醉如癡的走進海水齊腰的地方，好像在作「海上的默禱」。我真的又迷亂了。

有一種力量，我想，在某一個時刻，會突然出現，驅走時間，使人進入「無歲狀態」。

那天傍晚回家，大大小小心情都很開朗。有了適當的體力勞動，個個睡得很早。只有我反倒不想睡，拿著紙筆，畫了許多符號，研究人類「無歲狀態」的問題。到底那是一種精神病，還是一種使人幸福的心境？

# 丟

幫孩子把丟了的東西找回來，是父親的責任之一。幫太太把丟了的東西找回來，是丈夫的責任之一。我是孩子的福爾摩斯爸爸，我是太太的福爾摩斯丈夫。家裡有人丟了東西都歸我負責偵察。我的破案率高達九九．九%。只有一次我沒法兒破案，那是因為瑋瑋丟的是一顆花生米，料想是半夜裡被常來我家的那隻黑老鼠吃了。

那隻黑老鼠我見過三次，不算尾巴有五寸長，體重驚人，在天花板上走動像貓那樣的聲勢浩大。牠有走壁絕技，下來的時候神態高傲，歪頭看人。被牠看一眼，我會失去內心的自在，彷彿該讓開的是我。就是牠，吃了我答應瑋瑋第二天再幫她找回來的那顆花生米吧？我想是牠！

櫻櫻有一次「紅著眼眶」到書房裡來報案。她的一張制服費收據不見了。把收據丟了，第二天領制服就會發生困難，她說。

『我可以在吃晚飯以前幫你找回來。』我安慰她說：『你現在還是安心做功課去吧。』

『可是這一回不一樣。』她說。『我把書包裡的東西全都倒出來了，還是找不到。您能不能現在就幫我找？』

『我是在這兒幫你找啊。』

『可是我不是在這兒丟的。』

『但是我在這兒就能幫你找。你先回去做功課，我馬上就能找出來。』

櫻櫻走了以後，我想了五分鐘，就隔牆高呼：『把你放車票的塑膠套子拿來給我！』

我由塑膠套裡，在那張學生月票的背後，把學校的制服費收據抽了出來，交給她。

她很心服的，露出「以後我可以放心丟點兒東西」的讚嘆的笑容，很得意的走了。

我幫櫻櫻找這種小東西的經驗非常豐富。每回她來報案，我根據她的「細心」的習性，都能推算出她說丟了的東西，其實是「平平安安」的放在什麼地方。用不著翻抽屜，用不著倒書包，我就能「看」到。

櫻櫻去交費那天，只帶一個放公車月票的塑膠套子。她交制服費那天所穿的衣服沒有口袋。拿到收據以後，她必定會因為找不到地方放那張小紙片躊躇起來。後來，她發現塑膠套子是最理想的放收據的地方，因為她由學校回家，一定要搭公車，搭公車不能沒有票。票不丟，收據也不會丟。她的設想是很周到的，可惜她的記性跟容易著慌的習慣，不能跟她的細心相配合。

我幫她找東西並不動手，只是運用我的想像力。用想像力找東西，比「動手動腳」更快，更有效，因為思想「征服空間距離」的速度，超過光速。

琪琪丟東西屬於另外一種類型。那是一種視覺方面的「遺失」，事實上東西並沒丟，只是她看不見罷了。她最大的特色：東西都是在書桌上丟的。她常常丟一張「寫了要緊東西的紙條」，一枝「剛剛還在這兒的鉛筆」，一本「剛剛還在那上面寫字的筆記本子」。

她做功課，耐性驚人，一坐下去，就不打算再起來。累了的時候，不懂得學大人起來走動走動，也不懂得學櫻櫻到走廊去逗逗狗。她的療治疲倦的方法是從抽屜裡搬出蠟筆來畫圖畫，或者拿出剪刀和彩色紙來做手工。她的桌子上，一片混亂。等到她第二次振作精神要繼續工作，忽然發現很要緊的東西丟了。

幫她找東西要運用視覺，不能夠單憑想像。我要離開我的窩到她的臥室去，叫她把座位讓給我。我放眼看去，在桌面上那一片大混亂中，尋出東西堆積的前後順序，細心分析，然後幫她做「秩序還原」的工作。收起蠟筆，收起圖畫紙，收起剪刀，收起彩色手工紙，收起她用來「歇歇腦筋」看的舊報紙。桌子上的東西越來越少，忽然，她要找的東西，「親切」的呈現在失主的眼前。

『奇怪，我找了半天怎麼都沒找到？』她說。

『因為有東西遮住。』這是我的回答。

太太丟東西又是另外一種類型，屬於「信手擱置」型。她在家裡是一個重要人物，每天下班回家，緊接著就上另外一個更「緊張激烈」的班。她難得不受打攪的做完一件事。在廚房裡正預備切薑炒菜，忽然瑋瑋大喊：『大便大好了，沒有紙！』她匆匆忙忙走進了臥室，然後拿著一包前一天剛買回來的衛生紙，到洗手間去把瑋瑋弄乾淨。回到廚房，她的薑不見了。

這個時候，她會很苦惱的走到書房來報案。

『奇怪！』她說。

『真奇怪！』她說。

她很著急的問五口之家的其他分子：『你們有誰拿了我的薑？』

為了幫助她，我要求她倒敘剛剛做過的事情。調查過案情，我很有信心的在她喜歡存放新購家庭用品的衣櫥裡，把薑拿出來，交給原主。

瑋瑋是造成她緊張的主要原因。有時候她會找不到買回來給孩子吃的麵包。有時候她會找不到剛帶回來給孩子看的照片。這些遺失案件，都是我用「倒敘偵查法」偵破的。

說瑋瑋沒有「所有權」的觀念，這是錯誤的。她只是對自己太少了的所有權不滿罷了。她常常「霸占」別人的所有物，表示抗議。因此，櫻櫻、琪琪來報案的時候，如果案情過分離奇，我常常會靈機一動，不去偵破，只找瑋瑋來商量。

『看到櫻櫻的圖畫紙沒有？』

她點點頭。

『在哪兒？』

『在我的抽屜裡。』她說。『可是我要用啊！』

『我去拿出來還櫻櫻。』我堅決的說。

『不行！』她運用起所有權來了。『不能隨便亂翻我的抽屜。』

儘管是這樣，瑋瑋自己也會丟東西。她實在太小了，所以她的「遺失案」最難偵破。她能把任何東西放在任何地方，「想像偵破法」行不通。她放東西有自己的「童話」秩序，所以「秩序還原偵破法」也行不通。對她來說，更沒有所謂「倒敘偵破法」，因為她根本沒有明確的時間觀念，先後觀念。

她對失物的描述，給人一種雜亂無章的印象。
『爸爸，你看見那個東西沒有？』
『什麼東西？』
『紅紅的。』
『什麼紅紅的？』
『黃黃的。』
『什麼黃黃的？』
『白白的。』
『到底是什麼東西？』
『一個東西！』
我幫忙她的辦法，是叫她「把丟了的到底是什麼東西，拿來我看看」。最使人驚異的是，我這個辦法每次都能幫她把東西找回來。這應該叫「童話法」。
我自己並不是一個永遠不丟東西的人。我能幫人找東西，別人也樂意幫我忙。我最愛丟傘，因此找回來的傘也相對的增多。我的成績是已經多了四把傘，都是買了新傘以後又找回來的。

# 停電五十小時

那天因為艾爾西颱風扯斷電線，這個城裡許多地方都停電。住在城市裡的現代人，都知道停電有一種美趣。燭光代替了俗氣的電燈。一家人在燭光下，因為它的照明圈有限，所以更容易緊緊挨在一起，格外親熱。一個人有事要離開燭光的照明半徑，一家人就用送行的眼光目送他走入黑暗中。聽到腳步聲響，大家都忍不住擡頭睜眼，在黑暗中搜索。忽然眼前一亮，一張親人的臉，迎著燭光，又回來了，大家讓出位置，邀「回家」的親人入座，親切的探問燭光外黑暗世界中的情況。

『七姊妹怎麼樣？』

『我把鳥籠提到洗澡間去了。』

『剛剛聽到嘩啦一聲，那是什麼？』

『大概是鄰家的窗玻璃破了。』

『除了那一塊洋鐵片以外，還有什麼東西落到咱們院子裡來了？』

『吹來一個大紙盒！』

大家安詳的笑，輕輕的談。房子成為「外面的世界」，真正的「家」卻在燭光裡。

家總有家事。要鋪牀，燭光到牀邊，一家人也到牀邊。燭光到第二張牀邊，一家人到第二張牀邊。第三張。第四張。

洗碗，燭光到廚房，一家人也到廚房。龍頭滴著水，這是停水的預告。沒有瀑布，也沒有河流，只是水滴。第二天會是一個「很乾」的日子，不過沒有人去擔憂。很難得有這樣的日子：爸爸秉燭，媽媽洗碗，三個孩子看。

一家人乘一艘發光的小船，在黑海裡航行。燭光是很美的，燭光是很溫暖的。小船上的乘客，一個一個離船登岸，到「牀島」去睡。我，小船的水手，高舉蠟燭，孤孤單單，搖著空船，回到自己的無人島。我跳上牀，對準燭光，噗！燭滅了，全家都在黑暗裡。

銅鼓手在屋瓦上不停的敲鼓點子，節奏很快。從很遠的地方來的大風，像懂得氣功的少林寺大和尚，對院子裡的聖誕紅發出一掌，再發出一掌，聖誕紅的骨頭斷裂。

我在黑暗中靜聽屋外的「破壞」，靜聽那個穿著袈裟的大和尚，呼呼呼，來回走動。

這真是最奇特的一夜，跟我的「夜的定義」完全不相符的一夜：沒有那一杯茶，沒有那一枝筆，沒有那一疊稿紙，沒有那幾本書。

我第一次練習不看書睡覺。那是很難的。不過我並不擔心失眠，因為我對睡眠，債臺高築，只要落在他手裡，他是不會放過的。完全的黑暗是很可怕的，它使我對睡眠失去抗拒力。

一個喜歡想的人，正好可以利用寧靜的黑暗，享受常人所忽略的一種享受：恢復對人間的真正的陌生，恢復一個人的真正的孤獨，然後用感激的心去品味人間的無法否認的溫暖，朋友的無法否認的溫情。

我跟任何人實際上是完全不相干的。人在本質上本來就是完全孤獨的個體。可是我所得到的早就超過了一個「陌生人」所應得的；甚至連這個應該是孤獨的人感冒了，都有人眼中露出誠懇的金光，為我介紹一種永遠不靈的特效藥。

我又想到另外一種不幸的人，怕承認個體本來就是孤獨的。在心理上，他是一個暴君。他要求別人應該這樣，應該那樣。他不管別人需要不需要，全憑自己的需要去擁抱人。他告訴那個被擁抱的人說：『在你被擁抱的時候，你心中應該充滿感激。』然後又說：『現在，你應該擁抱我，作為報答。』

他發現許多被擁抱的人都不回報，體會到另外一種意味的孤獨，帶著恨意的。

一個人應該對別人好，也應該感激別人對他好；但是不管他費多少心機，盡多少力，他無權要求別人應該對他好。

愛是個體發出的金光，愛是不需要回報的。愛不是交易，不是生意。需要回報的愛，附有借據，別人不照付利息，或者過期不還，就會由愛轉恨。

愛像百萬富翁在直升機上撒鈔票，誰撿到就是誰的。如果這些鈔票都是要歸還的，他何必多此一舉？他有什麼權利折騰人？

有許多妄談愛的人，其實都是心胸狹窄的放高利貸的。這是我們應該留心的。

「充滿感激的孤獨」，這是我所想的。

我不能想更多，因為睡魔捉住了我。

這是第一夜。

第二天，還是風，還是雨。上班的時候並不覺得有異，玻璃樓的光線不會使人看不清稿紙的格子。回家，總覺得眉毛像屋簷，遮住光，看什麼東西都有光線不足的感覺。家裡沒有燈。

初次感覺到夜進屋子裡來。從前，夜是只到窗外，只到門口的。家裡有燈。都市人在黃黃的燭光下做事，因為原始的官能已經退化，身體容易失去平衡感，心情容易煩躁緊張。瑋瑋吃飯的時候，把一個調羹碰落地上。「歲歲平安」！

家的「輿論」開始尖銳化。

『今天晚上做功課怎麼辦？』櫻櫻說。

『今天晚上寫週記怎麼辦？』琪琪說。

『我是小班，我沒有功課。』瑋瑋說。她又說：『今天晚上看電視怎麼辦？』

燭光把每個人的鼻尖都照亮了。這些金鼻人看燭光都覺得可恨。

太太用炒菜鍋煮飯。大同電鍋在架子上賦閒。冰箱成為製造腐敗食物的白盒子。電視機和電唱機，真正成為客廳的擺設。熨斗在瑋瑋的皺圍裙旁邊打瞌睡。電鈴不響。斯諾，我們的已經長成「少年」的白狐狸狗，擔任電鈴的職務。

最使人心煩的是沒有燈光。櫻櫻、琪琪堅持一定要做功課，「不然的話」，老師就會怎麼樣怎麼樣，她們說。

我走進風雨中，又買回來許多蠟燭。不久，每個「讀書人」的書桌上都點上五六枝，每個人的書桌都成了生日蛋糕。

我想起物理學的「燭光」（不是詩的「燭光」）。我想起「六十燭」，「一百燭」。我想起如果真那麼做，書桌上的場面一定很驚人。我想起兩千多年前的匡衡，他當宰相的時候，恐怕已經很「近視」了。

果然太太反對孩子在幾枝蠟燭下查字典做功課。她認為那是一種最大的「不衛生」。可是孩子都表示不滿。功課不許做，電視不能看，到底要她們做什麼？她們說。

『在客廳裡坐坐，或者站起來走走。』太太說。

孩子都到客廳去，坐著，然後站起來走走，然後坐下，然後又站起來走走。我知道這是一種抗議，白宮門前舉牌子遊行的那種抗議。

但是我沒辦法，都怪電。我也有自己的煩惱，晚上一定得趕完一篇稿子。我向太太聲明，我寫的一個字有字典註釋的十六個字大，而且我是「早已經很近視」的了；所以她不反對，只是不斷的給我添蠟燭。我在「十二燭光」下滿頭大汗寫完我的稿子，鼻子也熏黑了。

從開始停電的那一個小時算起，到第三天晚上全屋雪亮的那個小時為止，我家恰好停電五十小時。在電燈下寫這篇追記，記憶有些模糊。如果改用燭光，成績也許會好一點。

# 清晨

有一次站在客廳外走廊上看天亮。在廊下過夜的斯諾很警醒，睜開眼睛鑑定一下，知道不是外人，就雙眼一閉，又昏昏睡去。整夜神經過敏的狗，精神上必定疲倦到極點，有個自己人站在身邊替牠守望，給牠很大的安慰。對狗來說，這樣的睡眠才真叫甜蜜的睡眠；對狗來說，這種睡眠是很奢侈，很難得，很「一刻值千金」的。

啾啾啾！很清脆的。對門人家院子裡一棵腰不彎，背不駝的椰子樹的樹梢，就是那長長的葉子向四邊成拋物線半垂的地方，藏著許多小麻雀。

葉子生長排列的方式，像是在表演雷虎小組的特技「炸彈開花」。那一窩麻雀唱過以後，就從那「花心」起飛。只覺得眼前一堆密密麻麻的小黑點，晃得人眼花。牠們越飛越遠，像是要去追回殘月。

左右鄰居的通宵燈都還亮著，蒼白蒼白的，整夜睜著眼，像是已經「亮」得很累了。

現在是一天裡最靜的時刻。這個時刻以前的黑夜，並不很靜，到處是「麻雀」

聲。聽到那種成人的玩具的鬧聲，就更加堅信平日的觀察並沒有錯誤：成人不過是生理成熟的孩子。

在這個時刻以後的白天，更不靜了。白天是由聲跟光造成的。只有這個時刻，是一天裡最靜的。把寂靜比作帛，把聲音比作刀，那幾聲鳥叫，「劃破」了清晨的寂靜。

附近一定沒有養雞人家，搬到這裡來就沒聽過都市的雞啼。老房子那邊，鄰居有一位老太太養一群母雞和兩隻出色的公雞。白天母雞最鬧，用一種不比公雞的長鳴遜色的啦啦隊的呼喊，報告：『安產！順產！我又完成了一次分娩！』

清晨公雞吵。那兩隻公雞都是做事非常認真，性格非常固執的「男人」，好像牠們的細腿上都戴著錶，而且都對過了格林威治標準鐘。每天清晨，根據什麼規定，只要牠們認為時間到，就聲勢浩大的拍動翅膀，從丹田裡逼出一聲「火車汽笛」，尖銳刺耳，能把沉睡的人從牀墊上彈起來。你一聲我一聲的，兩隻雞輪流為四鄰服務。比較起來，還是「養鴨人家」好。

這裡沒有雞叫，再也享受不到虐待了。美好的老時光，一去不回頭了。寬厚的人懷念刻薄固執。沒有刻薄固執，寬厚就失去了意義，寬厚就寬厚得空虛。『錢兒不是兩個不響。』多可愛的閩南諺語。如果沒有那幾隻討人厭的雞，我對那幾年裡多采多姿的悠悠往事怎麼能記得那樣清楚呢？

這裡雖然沒有雞叫，但是也有令人冒火的可愛的聲音。不過，現在還早。

大門外的路燈滅了。我想起電力公司那個管路燈總開關的人。他把開關往下一扳，站起來，打一個哈欠，再打一個，把兩條胳臂向外「無限的」一伸：『夜班上完了！』端起涼茶杯，把香菸紙包放進香港衫口袋，走回宿舍去睡。『白天，你早！白天，下午見！』

鄰家的幾盞通宵燈也滅了，先後的滅了。我想起主婦穿著晨袍，輕輕的，唯恐吵醒辛苦的先生，第一件事是把照院子防小偷的通宵燈滅了。看看院子，片片落葉照樣貼地，連圖案都沒變。一夜平安。主婦一天的喜悅，就從「平安」開始。她披散著頭髮，走進了廚房。主婦在照顧一家人的時候都是不化妝的。

牆外飛進來一枝紙鏢，打在院子的磨石子地上，啪！這是早報。廣告裡有許多人賣新書。廣告裡有許多電影院換新片子。新聞版有新聞記者寫的許多「作為期三日之訪問」的外賓。另外還有許多消息。第一條消息暗示你看了應該悲傷。第二條消息暗示你看了應該笑。第三條消息暗示你看了應該憤怒。第四條消息暗示你看了應該嘆氣。不要緊，對某件事情你應該怎麼樣，報紙都會替你安排好的。每個人每天都應該知道許多不是自己的事情的事情，因為我們已經進入了「現代」。

早讀的學生開始做日課。有一家，念數學公式像朗誦詩。有一家，用三拍子的節奏吟唱英文不規則動詞表。有一家，念的是小華、小明的故事，斷斷續續，還加上插曲：『媽，這個字怎麼念？』

難得這兩三家都有「古風」。現代孩子都不再是這樣念書的了。現代孩子都喜歡熬夜，在燈光下，在靜夜裡，皺著眉。他們都相信早晨是緊張的。他們要擠車，要碰運氣才能夠不遲到，所以早晨是「衝的時刻」，「趕的時刻」，「跑百米的時刻」。

清晨的琅琅書聲，給人一種「放假日」的錯覺。

許多年前，搖鈴是賣豆腐。現在賣豆腐改用女高音，鈴聲是垃圾車。可是垃圾車也已經改用〈少女的祈禱〉。也許這裡還是「開發中」或「低度開發」的巷子，所以鈴聲還是垃圾車，人力的，一個髒箱子加上兩個大輪子的那一種。垃圾車走了以後，會在地上留下許多垃圾。等垃圾車忙完了再去掃門口吧。

天色的轉變是迷人的。那條寬敞的巷子裡有座白樓。夜間，它們是「天邊輪廓線」裡的黑樓。麻雀沒醒的時候，它們是灰樓。「朝風」剛過，它們是紅樓。有一段很短的時間，它們變成奪目的金樓。金光一閃，它們恢復本來面目，白樓。它們真應該叫做五色樓。

女高音，「買豆腐啊」，她來了。她永遠那麼匆匆忙忙，來去如飛。聽到她的一聲唱，你得恰好的端碗肅立門邊。不然的話，她在你開門出去的時候，早已經跟她的擔子走出了巷口。她永遠不肯給人留時間，每天失去的買賣比所得到的多得多。可能她是很「現代」的，寧可多耗精力在行動上，不願死守一條巷子在等待中。現代人都是精力旺盛，時間不夠的。

賣豆腐腦的是個男低音。他在朝陽裡的吆喝帶著暮氣，正跟黃昏炸臭豆腐的在暮色中吆喝帶著朝氣相反。

豆腐拌皮蛋，滴幾滴香油；豆腐腦有甜、鹹兩色。這都是早晨的美食，但是，一種是要你站在門邊等待，一種卻在門外等待你。

清晨應該算是過去了。在我的背後的屋裡，人影晃動，漱口杯叮噹，浴室的排水管呻吟。家家的大門外，摩托車怒吼。呼的一聲，一對公寓夫婦上班去了。呼的一聲，又一對公寓夫婦上班去了。駕駛盔，包頭巾，雙雙在疾風裡飛馳。

一聲聲的怒吼，是令人冒火的可愛聲音的大合奏。清晨真的過去了，機器控制全城。

大家忙吧。

我們的速度都是很高的。我們都是最忙的人。

# 我的「白髮記」

發現第一根白髮的時候是在一個星期天。

那一天下午，我正在洗澡間裡摘下眼鏡洗當天的第二次臉，忽然發現我用白油漆漆窗戶框這種叫做「自己做」的家庭活動給我帶來了麻煩。

『拿剪刀來！你自己也來！』我向臥室裡喊。

『爸爸要剪刀跟媽媽！』櫻櫻轉播過去。

一會兒，太太拿著剪刀，走進洗澡間：『剪哪裡？』

我指著鏡子裡的人頭說：『有一根頭髮濺了白油漆。還好只有一根。你幫我把它剪掉。麻煩你。』

『你不要老照鏡子。轉過來。我不能到鏡子裡去幫你剪。』她說。舉起剪刀，又說：『在哪裡？』

不照鏡子，我只能用手指大概指出個經緯度，讓她自己去探索，像直升機搜索黑海裡一個穿白衣服的落水人。

在她發現事情的真相的時候，她並沒有用一種『是癌症！』那樣的悲戚神情或低沉語調跟我說話，反而用發現琪琪長褲太短那種『你長大了！』的神氣，含笑跟我說：『是一根白頭髮。』

『白什麼？』聽覺敏銳的櫻櫻，像記者那麼快的跑了過來。她用欣賞的眼光看我的頭髮，興奮的，羨慕的，像我身上又長出第三隻胳臂來似的。

『琪琪！』她大叫。

琪琪、瑋瑋都來了。

琪琪虔敬的伸出一個手指頭。我微微彎腰低頭，讓她的手指頭碰一碰我新長出來的東西，像她在動物園膽怯好奇的去摸驢子的鼻子那樣。她點點頭，笑一笑，好像是說：『很好。』

瑋瑋，家裡的小矮人，要我「更」彎腰，「更」低頭，讓她觀察。她靜靜的，我等著。為了讓她看，我看不見她。一會兒，她很響的拍我一下頭，說出感想：『很漂亮誒！』

這一根白頭髮，給全家帶來了歡笑。它真是一根幸福的白頭髮。

孩子們瞧完了熱鬧，像街頭看完吵架的人群那樣快樂的談論著走散了以後，洗澡間裡就剩下我跟她。

正月初一，又被老闆提升一級的職員去給老闆拜年的時候，老闆會親切含笑看著他。那眼光帶著溫情，但是又有鑑賞家品鑑一座雕像那樣的冷靜，甚至是冷酷：『你是不錯。你又升了一級。你運氣好。你有沒有想過你該怎麼努力，才能不辜負你的錦繡前程？我不知道你是不是欺騙了我，才使我對你這樣傾心。我想知道也無從知道。我不是裁判者。你自己日後的成敗，只有看你自己日後的作為了。』

每年我又長一歲的那一天，在我小時候，母親也用前面所形容的那種老闆眼光看我：『你又長了一歲！你前面的路更大更寬。你該怎麼走，越來越變成你自己的事了。我對你的約束越來越少。你完全自由的日子就要來了，你作了準備沒有？』那是一種親切的，可是又使人心寒的眼光。

現在，她，我的太太，站在我面前，也用前面所形容的母親眼光看著我；那麼親切，可是又那麼「事不干己」的看著我：『「你」又老成一點了。「你」前面又展開了一個新的，罩在煙霧中的不可知的世界。「你」打算怎麼辦？別忘了那可是「你」自己的事情。「你」自己覺得怎麼樣？可以不可以把「你的」新心情告訴我呢？』

我一時覺得很軟弱，多麼希望她能把眼光中所顯露出來的一切「你」，都像平日那樣的改換成「我們」。但是這是不可能的。每一個人都是孤獨的個體，都是一顆行星。地球雖然有月亮相伴，但是地球的問題還是要地球自己解決。

這一根白頭髮，好像一座白色的橋梁，直通到未來。我站在白色的橋頭，孤零零的，自己一個人。人生是一種個人的旅行，現在，我走到了白橋頭。我又有天賜的美好機會走進又一個新境界，前途遠大，可是我躊躇了一下。

我沒辦法形容我在不到一秒鐘的時間裡想了些什麼。因為這一次，不是一般的用語言來進行的那種思想。只是心燈一亮，馬上就過去了。這應該是道行很深的和尚才有的那種「悟」吧。

我所領悟到的是：長針走一圈，短針走一格。「行進」造成了「變化」。有變化，證明是在行進。不停的行啊，行啊，行啊。不停的變化，變化，變化。一切都是好好兒的。一切本來就是好好兒的。哪裡用得著「感想」。哪裡用得著學俗氣人那樣的傷感一番，或者自己激勵一番！本來一切都是好好兒的麼。

我醒了過來。我又「回家」了：

『晚上我想吃點兒牛肉。』

『明天瑋瑋上學的圍裙燙好了沒有？』

『下星期天我們到哪兒去散步？』

『下個月你得留下一點兒錢讓我買書。』

『今年年底……。』

『明年……。』

所有班車，全部照常行駛。

不過，事情並沒有那麼簡單。我可以「自己安排自己」，但是孩子卻開始攪擾我頭上的世外桃源。她們常常要來檢查，要來數。我的頭髮像植物園裡的某一種樹，被列入「觀賞類」。

『今天有沒有新的？』她們常常問。『有。』或者『沒有。』這已經成為一種日課。

孩子們在週記裡，已經迫不及待的把我的不到七根形容成「滿頭白髮」了。雖然滿頭銀絲也是一種美，但是我總是不喜歡孩子使我太「早熟」了。我有時候是有點兒氣惱。但是，想想，孩子喜歡看春、夏、秋、冬的變化，那是一種罪過嗎？她們看到我的白髮所產生的喜悅，就像北方的小孩子某一個冬天早晨打開窗外忽然驚喜的歡呼『下雪啦！下雪啦！』一樣。孩子在那個時候，是最「接近大自然」的。有一天，我在書房寫東西，瑋瑋忽然從她的「地方」跑進來，拿我的身體作臺階，爬到書桌上，面對著我坐著，四足歲的雙目炯炯發光，很「哲學」的說：

『爸爸，我們長大，你就死了。對不對？』

『對！』我說。

她用無邪的大眼睛看了我一會兒，這才又拿我的身體當臺階，爬下地板，很神祕的回到她的「地方」去。我知道她所想的是什麼。她深信爸爸萬能，所以又很貪心的希望我能使她看到大自然的另一個大變化。

從教育的觀點來看，這個課程，對她太早，何必現在教她。從「個人福利」的觀點來看，我又豈肯拿自己寶貴的生命來滿足她的好奇心？雖然我是很愛她的。

# 半人

結婚以前，我是一個「全人」。結婚以後，我發覺，我已經變成一個「半人」。有時候，她到書房來談兩句話。有時候，我到廚房去商量一件事情。我會忽然感覺到，我們彼此之間相互依賴的「嚴重」情形，已經到了「非常嚴重」的地步了。

下班回家，偶然從一個新角度去看一處熟悉的街景，覺得那景色美得使人對它陌生：『你信不信？我們這條街相當美哪。』我說。事實上我的身邊並沒有她。我是一個人匆匆忙忙，提著輕便的「〇〇七」，剛打完桌球，趕回家去吃晚餐的。我是形單影隻，但是在感覺上卻是：只要我有什麼新發現，她必定會在我身邊。

我像一個巫師，常常忽然很神祕的跟身邊一個比我矮三寸半的隱形人說著話，並不承認那是「自言自語」。

我常常想，我們兩個，無論是誰先離開這個「事實上也很可愛」的人間到比月球更遠的地方去，剩下的那個「晚出國」的人，要想真正糾正那種「身邊有人」的錯覺，最少需要兩個月的時間。也許兩個月都不夠，要三個月，我想。

我們都不怕「走」。走就走。誰先走，誰就在那邊把房子找好；錢夠的話，把房子買好。剩下的事，就是在天堂機場等著接另外一個人就是了。不過使我們微微覺得不安的是，結婚以後，我們的「獨立能力」都退化了。剩下的一個人，對付得了那三個「使人筋疲力竭」的孩子嗎？這確實值得懷疑。

那時候，誰也沒有那麼長的手，能從天堂伸到人間來幫忙。那時候，一個在「國外」，一個在「國內」，緩急不能互相照應，真不是鬧著玩兒的。我們實在怕「走」，怕得要命。並不是怕「走」的本身。從一個本來已經很可愛的地方到另外一個比這更可愛的地方去，這有什麼值得怕的？只是放心不下，只是怕對方那個「沒用的人」會手忙腳亂。

含笑討論「退化問題」的時候，我們都會有一種「充滿幸福」的感慨，嘆息一聲：『什麼時候我們都變成廢物了？』

鄭重討論「走」的問題的時候，我們都會激動熱腸，心中充滿了「只要自己能夠長生，就是犧牲寶貴的生命也願意」的矛盾豪情。

我本來是懂得怎麼找襪子的。在結婚以前，每次出門，我都知道襪子塞在什麼地方；甚至是在老鼠洞裡，我也能親自把它找出來穿在腳上。但是現在退化了。沒有她幫忙，我只好學她光腳穿皮鞋出門，帶點兒賭氣的意味。我學會了一種更好的找襪子的方法：『我的襪子呢？』臉上帶著歉意的笑。

只要你張嘴，只要你帶著些歉意，只要你笑，就有襪子。事情就是這樣，因為現在這是「家庭」了。

我懂得怎麼沏茶，在婚前。用指尖在鐵罐裡抓一點很香的茶葉，放在杯底造一層「茶牀」，用滾燙的開水一沖，趕緊蓋上茶杯蓋兒，再等三五分鐘，「寫稿的茶」就做成功了。沏一杯「寂寞的單身漢的茶」，並不是很難的事。

現在我所喝的這種「一家之主的茶」，「你們爸爸的茶」，做法卻完全不一樣了。這種茶不需要茶葉，不需要滾燙的開水，只要坐在書房裡等。只要等，你就能得到。這是我婚後才發現的「人間七奇」之一；也是陸羽的《茶經》所漏記的烹茶法之一：等！

從前，我買過世界上的任何東西。現在，沒有一樣東西我會買。有一次她穿著上班的衣服在廚房裡做菜，因為有「火候問題」使她沒法兒分身，所以只好很不放心的，帶著試探意味的暗示著家中缺蔥。

這種暗示當然只有我才知道。切菜板上有洗好切好的「原料」，她在經常擺蔥的地方抓了一個空，她去翻菜籃，她歪頭在腦子裡「倒敘」買菜的經過，她臉上那種「算了」的表情，她微微皺眉在那兒考慮是不是可以不擱蔥，她那種「不擱蔥總是不大好」的神氣，她看了我一眼又很快的放開了我，她在那兒考慮『派他去行嗎？』的問題：這一切的一切，就是我說的「暗示」。

這個過程，在銀幕上表演要一分半鐘，在現實人生裡只要一秒半鐘。在銀幕上，這時候沒有對話，沒有音樂，鴉雀無聲，萬籟俱寂，只有鍋中油和鍋中菜，唧唧喳喳。

『我去！』我說，我像戲臺上大喊『末將在！』那樣的說。我「東山再起」的披上外衣，懷著『終於有機會獻出我的「私房錢」的喜悅』衝出了大門。

我跟那幾根蔥一起回家以後，接著發生的事情卻使我非常懊喪，因為她對我說了這些話：

『沒買錯。這是蔥，不是韭菜。』

『在路上是不是慢慢兒走？靠邊走？』

『你累了吧？快去休息休息。』

『只有這一回。下次我一定細心，不再麻煩你了。』

這是一種『你們貴國……。』的口氣。我早就應該知道我早就不會買東西了。

我唯一值得自豪的是對舊書的價錢她不比我內行。我所剩的就只有這麼一點點了。

除了舊書以外，一切都在她的「勢力範圍」以內。

家裡有一個很有效率的「管理系統」。我是這個管理系統的管理對象，但也是這個管理系統的主人。

因為是管理的對象，所以我不需要知道我的衣服放在哪裡，什麼時候應該吃飯，什麼時候應該洗澡。我生活過得很有規律，但是我不需要去知道為什麼能夠這樣。達爾文的學說有用了，這也是一種「進化」，自自然然的。我適應，所以我存在；雖然這是一種「一切都退化」的存在。

因為我也是管理系統的主人，所以我每天要做許多「任何答案都算正確」的「選擇題」。

例如：『有糯米，可以做點兒東西吃。是吃甜的？還是吃鹹的？』

如果我說：『甜的。』

她就說：『對！』

如果我說：『鹹的。』

她也說：『對！』

「再」例如：『星期日要不要帶孩子出去走走？』

如果我說：『要。』

她就說：『對！』

如果我說：『忙。』

她也說：『對！』

我不必像尼克森那樣每天要做許多可怕的「是非題」。我只要做些選擇題，任何答案都算正確。

孩子們漸漸長大。她們也已經習慣拿「你們」來稱呼我們了。

『星期天要到老師家。你們答應不答應？』

『你們不是常常說做人應該節儉嗎？所以冬令救濟我只捐了五「元」。』

在孩子的心目中，我們兩個都不算「全人」。琪琪有一次有一件事情等著批准。她對櫻櫻發表談話說：『你先問爸爸，他就說問媽媽；你先問媽媽，她就說問爸爸。最好等他們兩個在一起再問。』

琪琪的話是對的，因為事實就是她所說的那樣。

# 樓

這條靜巷已經不再那麼靜了。這條乾淨巷子已經不那麼乾淨了。

晴天，這條巷子好像在拍戰爭片子，灰塵漫天，到處是人影。雨天，巷子裡全是泥漿，皮鞋像皮蛋，永遠裹著一層黑泥。「鐵球車」每天進進出出，聲勢浩大的發動馬達在那兒和石子水泥。運鐵條來的，運磚來的，運木材來的，各式各樣的車輛，封鎖了道路。

天天可以看到各式各樣的「建築人物」。在灰塵中一塵不染的建築師，很矜持的跟他所設計的建築物保持著相當距離，冷淡的看了幾眼，像「有人等他回去開會」似的走了。監工手裡拿著藍圖，用他的「教鞭」指指點點，臉上那種「這房子是我蓋的」的神氣，使人想起他也應該有一點「鬧得大家不安」的歉意。

守工地的人有一種長者的雍容，不是橫眉立目高舉棍子趕街童那一型。他「臉不紅，脖子不粗」的，安閒坐在「一疊室」裡用大搪瓷碗、竹筷子吃飯，自有一番威儀。孩子們好像也知道他胸中的城府很深，像洛陽，像長安，不是什麼阿麗思奇境，所以輕易不敢去挖沙山，拆磚壘，抽鐵條。他的面容代替了「工地危險，閒人勿進」。他那木板搭成的「一疊室」裡有一個手提收音機，夜裡播出輕柔音樂，怕吵人似的那麼輕。因為處理音響問題得體，所以雖然單身在陌生的社區過夜，從沒跟他交談過的居民都對他懷善意。「一疊室」矮門外那一盞照射工地的強光燈，像「智慧」，給人一種溫暖感。

業主們也常來看他們一生辛苦所得的最後報酬：一棟屬於自己的房子。臉上有一種「這麼深的坑是為我挖的，這麼高的鷹架是為我搭的。這麼多的磚，這麼多的沙，都是為我買的。這一切的一切，竟都屬於我」的掩藏不住的喜悅，像《大地》裡的王龍和阿蘭。成功是由「粒積」來的，所以這一對現代觀念裡仍是中年的六十多歲夫婦，臉上更動人的表情是：節儉沒錯，此後更該節儉了！

建築工人在這幾年來早已經成為高收入者，但是他們到了一個地方，就給那個地方帶來海員似的輕輕的哀愁氣息。他們的小調是愛情的，但是他們表達的是鄉愁。他們離開了小茅屋，竹籬笆，到大都市裡來為人建造摩天蟻窩。天黑以後，就要歇工，他們站在高處，看這個由幾萬塊發光的立方體構成的夜都市，也許就會忽然想起自己的家來；想起蹲在溪邊擣衣，已經成為自己的妻的「阿蘭」。

他們用歌抒情，胸懷是浪漫的。但是激動他們浪漫情懷的繁華城裡，居民的心是煩躁的。因此，他們唱的「流浪」，唱的「漂泊」，唱的「天邊海角」，使附近的「住戶聽眾」煩得要死。『住在都市裡真要命！』住戶聽眾常發出抱怨，他們嫌吵。

都市的特質真是：它永遠不是任何人的家鄉！

這條巷子裡，自從有一天有一個人投資蓋了一座公寓以後，就進入了「建築季」。第一年除夕在漫天塵土中吃年夜飯的時候，心想：『也許明年這個時候一切都會好轉。公寓也蓋好了，巷子也乾淨了，又可以恢復從前那種靜巷的美趣了！』

第二年除夕，仍然在灰土中吃年夜飯，因為又有兩家進行改建，蓋樓。第三年，又有兩家。第四年，又有兩家。現在，在灰土中過日子已經是平常的事情。動盪不安不是動盪不安，那已經是一種生活的節拍了。

一座大樓蓋成了，就盼望著：『到這裡為止吧。大家都拿出掃帚來，把巷子打掃乾淨。蓋上一層灰塵的小花園，也該整理整理，讓它開幾朵花了。巷子裡所有的樹，也都應該洗一次澡了。在灰土中生活的日子，就到今天結束吧。』

但是不行。蓋呀，蓋呀，繼續的蓋呀。恢復從前靜巷的美？可是巷裡差不多已經沒有樹了。偶然看到一兩朵花兒，也都是「滿臉」污垢，「滿頭」灰土。它們是水乾了的池塘裡的最後幾條魚。它們的命運是化為塵土，隨風飛去。

恢復從前靜巷的靜？可是巷子裡的外來「移民」一年比一年多。現在，連頭頂上都住人了。在兩三年前，一個男人禿頂是一種個人的祕密。現在，它已經成為沒法兒掩飾的缺點。在兩三年前，一個人在起坐間裡穿什麼，你不按電鈴進去就沒法兒知道。現在，就是在自己的起坐間裡也要講究衣著，那是穿給「那邊樓上的人」看的。

每一戶人家的院子，四周都有高聳入雲的大看臺。想跟孩子在院子裡跑兩圈，似乎都該換上運動衣才算得體。

靜？只有到「從前」去找了。不但失去靜，連「免於展覽」的自由也失去了。

瑋瑋三歲最愛看那些在鷹架上，在樓頂上忙碌的工人。他們是她的「天上的人」。現在，她對於那些「空中的螞蟻」已經不發生興趣。她的興趣轉到後院，在後院看大樓的後廊。『你們看哪！』她說。『一個人站在別人頭上做飯，一個人又站在別人頭上做飯。三個人站在「三別人」頭上做飯！』

二樓主婦在蒸饅頭，她頭頂上的傭人在炒菜，傭人頭頂上的主婦正在打雞蛋做蛋花湯。因為怕屋裡熏，四層樓的爐竈都設在後廊上。一條直線下來，成為一幅「人上人」的家事圖案。

僅僅在三年前，這裡的清晨的空氣還保持著一分新鮮。打開客廳紗門到院子裡去撿送報生投進來的紙鏢，深深吸一口，胸懷清爽極了。現在，早晨走進院子，就聞到「二氧化碳」的氣味，那是「天上的人」呼吸過，不要了的。再看看三年前院子裡一片翠綠的高麗草，早就因為鄰居修房子，「水泥湯」下灌，全部死絕了。許多株辛苦培植的花，也都埋在厚厚的一層塵土下。

頭頂上有人咳嗽，頭頂上有人漱口，頭頂上有人吵架。

從前，在前院，一擡頭，頭頂上一片藍，常常有白雲飛過，鳥飛過。現在一擡頭，全是水泥色的高樓。天，只剩那麼一點點。天上的藍湖乾涸了。

你會感覺到，在三度空間裡，處處是眼睛。這些眼睛都是好眼睛。它們都不願意妨礙你，正像你不願意妨礙它們。在彼此的眼睛「互相讓路」的時候，我們發現除了看自己的鼻尖以外，已經沒有地方「躲眼睛」了。

前後左右，已經有十座高樓完工了。「無花無樹的世界」的建設，正在熱烈進行。在不久的將來，這裡會變成一個由水泥、玻璃和鋁所造成的新天地。大家在空中睡，在空中走動，在空中上班，在空中談生意，在空中開會。巷子裡再也沒有老年夫婦散步，沒有穿睡褲出來遛狗的中年人，沒有賣臭豆腐的，沒有兒童上學時候說的「媽媽再見」，沒有大門碰鎖的那一聲「卡嚓」。沒有杜鵑花，沒有日日春，沒有聖誕紅，沒有棕櫚樹。這條巷子會成為兩排高樓中間沒有陽光的深溝，「車流」湧來湧去……。

再見，靜巷！

樓來了！

卷四

# 寂寞的球

# 寂寞的球

對她來說，兩個姊姊幾乎等於是「上一代」。年齡跟她比較接近的二姊，比她大兩千一百九十多天。大姊是她眼中的「彭祖」，比她大了兩千九百二十多天！瑋瑋覺得寂寞，是必然的。

她常常一個人坐在窗臺上玩那四隻嵌磁鐵的小「親嘴狗」，全神貫注，一聲不響。有時候我走過她的身邊，她會擡起頭來，很客氣的跟我笑一笑：『我在玩兒它們。』

『好玩不好玩？』我忙著別的事，但是也不能不像「柴油特快」勉強在小站停車那樣的，站住，跟她寒暄一句。

『不好玩。』她很老實的回答。『你現在有沒有時間？』

『沒有。』我用有急事待辦的神氣回答。

『再見。』她說，又低頭去玩那四隻「親嘴狗」，擺個南北向的一字長蛇陣，然後拆散，改排東西向的一字長蛇陣，然後拆散，又擺了個南北向的一字長蛇陣……。

在感覺上，我和太太總認為櫻、琪是跟我們「一起長大」的同伴，四個人共同經歷過種種人生的「新境」，四個人在一起「話舊」、「話新」的時候，情緒都相當熱烈。這種情形，對瑋瑋形成一種精神威脅，使她有「參加不進去」的感覺，因此她從小學會了一個真理：攻擊就是「存在」。

在聯合國裡，小國的代表必須不停的發表尖銳苛刻的言論，要大量運用「蠻不講理」或「強詞奪理」的技巧，然後大國才會把他「當做一回事」。瑋瑋為了使人把她「當做一回事」，也有這種「攻擊傾向」。

在她落寞、沉默的時候，大家心裡的想法是：『她多麼正常啊，多麼上軌道哇，多麼有秩序呀！』大家心裡都非常「慶幸」，認為瑋瑋是一個好孩子——一個無聲無臭，等於「不存在」的好孩子。大家對瑋瑋的期望早就是這樣：不要打攪任何人。

可是瑋瑋也「人」，也並不是一個矮凳子，或者一座檯燈。她也需要別人的關心。如果人人都認為不跟她接觸就是一種最值得維持的關係，她怎麼能忍受！當然，她只有攻擊。

常常在我專心寫稿的時候，她忽然出現了。

『給我兩張紙！』她說。

『去跟媽媽要去。』

『我不要，我要跟你要！』

『你沒看到我沒工夫？』

『給我兩張紙！』

『你到客廳去玩好不好？』

『給我兩張紙！』

『你到底想幹什麼？』

『給我兩張紙！』她說。

我不得不打開抽屜，很不耐煩的遞給她兩張白紙：『好，現在回到你的書桌上，去畫去。』

『我不要，我要在你這裡畫。』多使人氣惱。

『好。』我說。『你在這兒畫。我到你的書桌上去寫。』

『你到哪裡，我也要跟到哪裡。』她說

『你快惹我生氣了。』我警告她。

『那麼你要跟我玩！』

『我怎麼會有工夫跟你玩？』

『那麼我就要在你這裡畫。』

就在兩代的感情開始惡化的時候，「媽媽」來解圍了。媽媽把這「寂寞的球」接了過去，安置在廚房裡——僅僅是安置，因為媽媽正在那兒當「炒菜的機器」。果然再過不久，那部機器怒吼了：『魚還沒剖肚怎麼就扔進鍋裡？走開走開，快走開！』

過了不久，機器又怒吼了：『別拿，那是豆腐。你看，完了不是？一塊豆腐完了！』

隔室有椅子向後推的聲音，櫻櫻站起來了，她到廚房去接「寂寞的球」。她很像老師招呼小朋友：『瑋瑋乖，到櫻櫻這邊來，看櫻櫻在這兒做功課。』瑋瑋一向喊大姊櫻櫻，大姊對她也自稱櫻櫻。櫻櫻很失策的把「寂寞的球」安置在書桌邊。

『櫻櫻！』

『誒。』

『櫻櫻！我昨天晚上做了一個夢。』

『誒。』

『你知道我夢到什麼嗎？』

『誒。』
『你猜。』
『誒。』
『我夢見一張紙。』
『誒。』
『櫻櫻。』
『誒。』
一邊看課本，一邊不停的『誒』，從學習的觀點看，我對櫻櫻的分心覺得有點兒不安。瑋瑋從「得不到關心」的事實來看，對櫻櫻的「分心」有點兒憤怒。
隔壁房間裡有一種不祥的寂靜。
『瑋瑋！』櫻櫻拍案哭喊。
『什麼事？』我像防盜鈴那麼迅速的「反應」起來。
『她她她，我的大字本完了！』櫻櫻悲聲回答。
像警車那麼快的，我走進櫻櫻的臥室。她的書桌上有墨水匯聚成的小池塘。櫻櫻含淚。瑋瑋像西部的快鎗手那樣，在鬧事以後，擺出「這純粹是為了自衛」的神氣，冷靜的看著我。

家庭裡有慣例，我把瑋瑋帶到客廳，讓她「靜坐思過」。不過近來她對「靜坐思過」已經有反感，認為那是對她最大的侮辱。只要我一走開，她馬上就到處漫遊，並且毫不思過。我也不敢太堅持，因為她一切的「過」，實在都是「父之過」。

果然不久，她因為三處無法容身，就大膽闖入虎穴——二姊的房間。一個人如果不是寂寞到極點，是不會去找仇人下棋的。

瑋瑋被琪琪「規定」不許喊琪琪「琪琪」。琪琪因為在六歲失去「老么」的權杖，四年來一直力圖「恢復」。現在家裡形成一種「有兩個老么」的局面，一個大老么，一個小老么。小老么一定得喊大老么「二姊」，不許喊「琪琪」。

『二姊！』我聽到瑋瑋像在辦公室門口喊「報告」那樣謹慎的說。

『幹什麼？』這是二姊的「優勢的口氣」。

『我想進來。』瑋瑋試探的，小心的說。

『進來就進來吧。我又不是貓。』

小老鼠邁著輕快的腳步，跑進二姊用功的房間。

『二姊，我來告訴你！』受到了鼓勵的老鼠，挨到貓身邊。『我昨天夢見一張紙。』

『沒有意思。』

『我不跟你玩兒了。』瑋瑋心裡有「挫折感」。

『你最好別跟我玩兒。』

『我要去告訴爸爸，說你欺負我。』

『不許走，給我站在這裡！』

一陣急促的腳步聲，瑋瑋逃出了虎穴。這就是她有名的「落荒而逃」，跟她的「靜坐思過」齊名。

瑋瑋在最需要人陪伴的年齡，偏偏遇上家裡的大建設時代，個個只顧埋頭努力，無法分心。對瑋瑋來說，這真是她童年的「冰河期」。她的「家」是由一個「在書堆裡露出鼻尖和筆尖的爸爸」，一個「忙個不停的八臂媽媽」，一個「端書凝神念念有詞的櫻櫻」，一個「不聲不響拿鋼筆在紙上刻字的二姊」，還有她自己，共同組成的。她努力，想破壞這個局面，因此天天有小「衝突」發生。

也許她是對的。因為她是剛從天國來的，她知道亞當、夏娃所住過的伊甸園並不像家裡這樣緊張。

同樣是「偷」，為什麼「第一對夫婦」偏偷智慧之果？偷「時間之果」不是更好嗎？大概瑋瑋所抗議的，也是這件「無法挽回的往事」吧。

# 暑假雜感

『馬，振作一點！再走幾天，就到蟬莊，就到荷塘啦！』

馬的「地地達達」已經不那麼清脆了。馬蹄已經沒力氣敲打進行曲。馬蹄踩著村道，像鐵放在棉花上，像棉花放在棉花上。奔馬，駿馬，千里馬的馬蹄節拍慢下來了，像瞌睡的更夫敲的梆子，像雨住以後驕陽下的簷滴，每一聲都可能是最後一響。

所有的馬都累了。我們家所有的馬都累了。我們家所有的人都累了。就要過完一個學期，快馬慢下來了。大家都盼望暑假趕快到。大家想休息，想過另外一種生活。

大家想念著文言文裡的荷塘，飽讀古詩詞的人信筆可以勾出好幾幅來的荷塘，像誦讀《可蘭經》那樣老練的順嘴就能描繪出來的荷塘。「最光榮的集錦」的「語語有出處」的文言文的荷塘啊，我們想念你！我們已經累了，沒有力氣創作。文言文的荷塘也好。「涼荷高葉碧田田」，讓我們用學問代替一次創作吧。我們把荷塘想瘋了。

還有蟬鳴，我們也很想念。我們想念牠那種「用音波催眠」的特技，羨慕牠那種能製造催眠音波的能力。牠是穿尼龍小袍的法師。牠那有名的翅膀，已經成為對於「輕」和「薄」的古典的隱喻。在沒有空氣調節機器的古代，應該穿「蟬翼」過夏天才合享受的道理呀！

這麼長的一學期，把大家忙壞了。

最使人不安的是「斯諾」，牠那一件白袍子已經一學期「沒下過水」了。在我們稱牠「白狐狸狗」的時候，我們心裡都覺得慚愧。我們實在應該在「白狗變黃」以前趕緊給牠洗一次澡。不然的話，牠會像瑋瑋所形容的：『牠已經很黑了！』

瑋瑋被疲倦的爸爸、疲倦的媽媽「拖」著上幼稚園已經拖了一學期了。她成為公共汽車上老練的免費乘客。幼稚園圍裙就是她的乘車證。在車上，她最喜歡的「座位」是車掌小姐的「小包廂」。一上車，她就往小包廂裡擠，雙手握緊不鏽鋼的柱子，然後擡眼看看身邊的女巨人。女巨人低頭跟她笑一笑。得到「許可」以後的小矮人，很得意的用眼睛向車廂裡「被壓縮的爸爸」打過去一個信號：『我這邊沒問題了。』然後就很安心的搭起公共汽車來了。

到了校門口那一站，車子一停，我趕緊下車，她也從小包廂走出來。我用舉重的姿勢抱她下車。她很老練的雙腳一蹬，往前輕輕一撲。父女平安落地，公共汽車也轉動大輪子一拐彎走了。在街樹下，彎腰替她拉好衣服。她也伸手扯扯我的被擠皺了的「夾克型」港衫。然後手牽手過馬路，送她進「園」。

這種奔波，她已經習慣了。她在這種奔波中逐漸長大，擠車的時候臉上有堅毅的表情。她是那種把上學當作「當然事」的孩子，從上學的頭一天起，回家就用「看不慣」的神氣報告「園裡今天有三個小朋友哭」。

『什麼時候可以再去海邊？』她常常問，她已經想到夏天了。

櫻櫻挑功課的重擔，已經有「背要壓斷了」的感覺。她每天回家，吃過晚飯以後，就請求媽媽幫她點高速熱水器，匆匆忙忙洗過澡，在小黑板上寫下一行「別忘了今天晚上幾點幾分喊我起來讀書」以後，走進臥室，蒙頭大睡。

擅長熬夜的爸爸，等小黑板上所寫的時刻一到，就「三更半夜」的拉她起來用功。她呵欠連連，笑咪咪的道謝，自己去沖牛奶，找麵包。

『今天的功課多不多？』我問。

『多。』

『回家就念，不行嗎？』

『不行，要考的。太累，也念不完。睡過一覺，現在好多了。』

多麼不正常的生活呀。其實她也「正常」過的。她勉強按照正常方式用功過，成為「在書桌上睡覺」的苦讀生。結果是，拿到書房來讓我「祕密簽字」的「不好意思」的考卷越來越多。

為了不服氣，為了不承認自己「就那麼笨」，她發憤「夜讀」。既然問題就在睡眠上，她就重新「處理」睡眠。這一點苦心我懂。在我還能照顧她的時候，為什麼不讓她自己設計克服困難的方法？

在她的「貓頭鷹」生活中，她知道了許多鄰居的祕密，對面高樓的大學生，哪一個窗戶是兩點鐘「睡」的，哪一個窗戶是三點鐘「睡」的，她都知道。燈光說明了人的生活。

為了求學，她失去了「電視的世界」，但是她找到了一個「夜讀的世界」。現在她看電視，只是為了作業。老師出了一個「電視裡」才有的作文題目，她不得不打開電視機來搜集資料。她對那個大黑盒子越來越陌生，對附近十幾個半夜發光的窗戶越來越熟悉。

琪琪處理功課有自己的一套辦法。她對櫻櫻那種把睡眠「切成兩截兒」的生活方式非常不贊同。

『根本不可能的麼！』她批評。『回家就做，做完就睡，不是很好嗎？為什麼偏要先睡，然後再爬起來讀書？』但是她的「做完就睡」的哲學越來越成問題，常常十一點還在那裡研究算術。到了大考的前一天，她也不得不在小黑板上「留言」了。為了不放心，特地到書房來「登記」。『我真的睏了。』她說。『您千萬別忘了叫我。您要是忘了，明天考試我就完了。到時候不論考多少分您都得簽字，不算我的錯！』

那天深夜，琪琪的窗戶也發光了。

太太和我，都成了值夜的護士。一個在曙光中睡去，一個在晨風中醒來，各有各的專職。我們只盼望趕快考完，因為考試不完，我們快完了。有好幾次，我們在雞啼聲中「交班」，忍不住都笑了，笑我們的「疲憊不堪」，笑我們總有一天全家會不顧一切大睡一場，像「呂伯」那樣一睡二十年，醒來已經是公元一九九〇年。全家頭髮雪白，睡過了這一場「讀書的鼠疫」。

還好，暑假忽然到了。「考試」自然的過去了。成績好，成績壞，忽然都不必再擔心了。荷塘，有了。蟬鳴，有了。瑋瑋的海，也可以有了。我們過了一關。我們走進了「暑假」。

所有的馬都歇下來了。

孩子又像孩子了，每天吃很多「錢」，睡很多「鐘點」，像餓狼那樣的看電視，一天到晚手裡捧著「優良兒童讀物」。電影，游泳，逛街，她們熱心的排著「功課表」。

看孩子一下子恢復了「本色」，心中的溫暖是很難形容的。一種幸福的感覺「充滿」胸膛。在她們的笑聲中，我跟太太目光相遇，都透露出一股得意：『我們是養了一群孩子！』

# 遛狗

我聽從孩子的建議，答應帶斯諾出去走走。

三個孩子都有遛狗的豐富經驗，所以很快的就準備好了。瑋瑋手拿鞭子。琪琪去解鏈子——繫在牆上的那一頭兒。櫻櫻進來報告可以動身了。

整個事情的性質，應該是「我帶狗出去玩兒」，可是事實比這個複雜得多。

瑋瑋用小手兒替自己換了「外出服」，很艱難的穿著小襪子。她所做的，是「從我認識她以來」她所不願意自己做的事。她嘴裡的話也多了，「幽默感」也豐富起來了：『你看，我這個傻傢伙把皮鞋穿反了。』『你看，我這個懶惰鬼連頭髮都忘了梳。』『斯諾，你這個小討厭，你看你害的我！』

從瑋瑋「心情」的變化，我想起從前認識的一位主婦的心情變化來：她一直在家裡製造麻煩，可是接到一個「三缺一」電話以後，整個人全變了。她容光煥發，笑聲鏗鏘，滿嘴好話，使心有餘悸的丈夫，覺得自己「彷彿是在夢中」，不得不

「很不情願」的讚美起那種「使肅殺的秋氣變成明媚的春光」的「成人的玩具」來。

我要帶出去玩兒的是斯諾，但是我覺得不只是斯諾，還應該加上一個瑋瑋。也不對。根本不是斯諾，根本不只是瑋瑋；雖然她一再的在「語氣」裡表明自己是「遛狗人」，斯諾是她服務的對象。

沉厚寡言的琪琪，一向不輕易流露情感。她跟同學打電話像打電報，簡潔有力，沒有一個多餘的字。家裡電話鈴一響，瑋瑋會連跌帶滾的搶先去接，這已經成為她維護得很「牢」的家庭權利，甚至連身在澡盆裡的時候也要「出水」去爭取：『喂，請問你找誰？你找二姊呀？二姊在寫功課。好，你等一等。』然後改變聲調，很柔和的：『二姊，你的電話。』

琪琪去接。這大半是同學打來問功課的。『喂！』琪琪把自己的聲音送過去，請對方確定談話對象無誤，然後就沉默的「聽」起電話來。

『是。』她的答案。

『再見。』她結束了「一個電話」，只用四個字就夠了。

『你不留一點給我！』這是瑋瑋常常發出的抱怨。她跟兩個姊姊的同學都有「電話交情」，因為她是家裡的「接線生」。

像琪琪這樣一個「少廢話」的人，寫起信來卻委婉有致，最少也要超過六百字。我一向對她的「大腦的構造」有很濃厚的興趣。

她沉默的換了潔淨的外出服，沉默的穿好皮鞋，拉住鏈子的一頭兒，欣賞斯諾那種「躍躍欲試」的「怒馬」姿態。鐵鏈子繃得緊緊的，筆直像一根鋼條。斯諾像人那樣站了起來，身子往前探。琪琪雙手握住鏈子，身子向後彎。小孩跟狗「拔河」，像英文字母的「V」字，兩個「人」的支點在同一點上。

『把巴！』她微笑。『你看。』

在家裡，孩子一向喊我「把巴」。這是一種「現代語調」，正跟許多家庭裡把「弟弟」喊成「抵迪」一樣。在我的經驗裡，琪琪跟我辯論「瑋瑋的教育問題」的時候，從來不「稱呼」我。這個「把巴」是華麗的序曲，是她高興的時候才喊的。

櫻櫻的電話「長度」，跟我所認識的一位有名的女作家一樣長，都屬於「長途電話」一型；但是櫻櫻寫的信卻非常短，常常只有幾句。在家裡，她高興的時候，最喜歡提出一串一串以「為什麼」起頭的「敘述句」。她的奇特的「詠嘆方式」，是只有家裡的人才懂的。

『為什麼斯諾會這麼高興？』

『為什麼瑋瑋會心甘情願的自己穿鞋襪？』

『為什麼琪琪會那樣輕鬆愉快？』

她的媽媽有時候會忘了她的「語言習慣」，很認真的回答每一個問題，變得心情煩躁：『你為什麼老問這些「沒意思」的問題？』

回答往往是：『我沒有「問」哪！』

在櫻櫻說「為什麼」的時候，你只要點頭微笑就行了。

有一個作家，就是用櫻櫻的方式寫散文的。如果讀者也認真的把它當「常識」問題來「做」答案，那樣的散文就「太令人吃力」了。

『明月幾時有？把酒問青天；不知天上宮闕，今夕是何年？』讀到這裡，你用不著趕緊回答說：『每月望日有明月。今年是公元一九七〇年！』

三個人跟一隻狗都準備好了以後，我又到廚房裡去跟太太敘別。這是我們家的「家規」。

出門的時候是：

出門人：『回頭見！』

家裡人：『再見！』

回家的時候是：

家裡人：『你回來了？』

回家人：『我回來了！』

這是根據心理學設計出來的「安全措施」。大家盡量把它訓練成一種「本能反應」。在兩代情感開始惡化，夫妻意見尖銳對立的時候，這些在無意識狀態下脫口而出的會話，常常會發生奇妙的作用，使大家能在「不失面子」的情況下「良心發現」，冷卻「激情」，體會到一種溫暖的「人間美」。

小孩子含淚說「回頭見」，大人含怒的說「再見」，這種事情並不是沒發生過。這一番簡短的對話「美化」了「衝突」。

『很好，去走走吧。』太太說。『你實在「太久」沒跟孩子在一起了。我在家裡給你們準備晚飯。』

『回頭見！』我說

『再見！』太太說。

斯諾一出門，就像一匹短腿的白駿馬，拉著琪琪往前狂奔而去。牠扭動豐滿的「臀部」，從背後看去，就像一個顫抖的大白球，看到琪琪整條胳臂跟鏈子相接成一條筆直的線，就可以猜想到一隻「興奮的狗」有多「瘋」，力氣有多大！

『斯諾！斯諾！』瑋瑋揚起籐鞭，大步追了過去，兩條腿高高向後踢，腳跟敲打「臀部」，一會兒就衝出靜巷。

老成的櫻櫻往前跑了三五步，馬上又收腿等我，陪我慢慢的走。

『帶鞭子打斯諾，不是太「殘忍」了嗎？』我說。

『您弄錯了。』她說。『鞭子是保護斯諾的。不帶鞭子，斯諾早就被大狼狗扯碎了。』

不養狗的人不會去遛狗。只有「遛狗人」才知道，在你關心狗的時候，你會發現原來街上全是狗。別人心目中的散步，在「遛狗人」的心目中卻像「潛入敵境」那樣的局勢緊張。

出巷口沒多遠，街對面就有一隻軀體比斯諾大一倍的「壯漢狗」，渾身黑毛的向斯諾逼近。

瑋瑋搖動鞭子，大喊：『斯諾快跑！』

那黑壯漢遲疑一下，三個孩子就趕緊簇擁斯諾過關。

一會兒又是一隻中等身材的花狗，一會兒又是一隻「同種相嫉」的白狐狸狗。有一隻不知好歹的小狗也想挨近斯諾，斯諾正想給牠顏色看，就被琪琪勸走了。我們只見街上有狗，不知街上還有人。我們在狗世界裡緊張的「散步」。

一歲半的斯諾在草地上打滾，又回到牠的「童年」。我們護衛著牠，欣賞著牠。斯諾成為連接兩代距離的白色的橋。

『您太不關心斯諾了！』

我想起櫻櫻的話。她大概不只是指斯諾吧。兩代對著綠草地上的白狗歡笑的時候，她大概又要「詠嘆」了：『爸爸，你為什麼那麼喜歡斯諾？』

## 「打架教育」

『我在家的時候，我是家長。』我說。『我不在家的時候，「媽媽」是家長。我跟媽媽都不在家，櫻櫻是家長。我，媽媽，櫻櫻都不在家，琪琪是家長。這四個人都不在家，瑋瑋就是家長。如果連瑋瑋也不在家，斯諾就成了家長。要是這隻白狐狸狗也跟我們一起出門，那麼家長就是後院鳥籠裡那隻小啾啾了。』

我發現我是在那兒按照「修身、齊家、治國、平天下」的古代散文節奏說話。我依循著一個「由大而小」的思想法則運思，想使邏輯在現實生活裡獲得實現。我是一個精通心理現象的「儒家」。我是一個「古人」。

在櫻櫻跟琪琪「痛痛快快」的打過一場架以後，我向她們宣布家裡的「政治制度」。

原則上，我是不反對孩子打架的。我的意思是說，我不反對兄弟姊妹童年在家裡「自己打自己」；但是我絕對反對孩子打別人家的孩子。如果有那樣的事情發生，我一定要制止。兄弟姊妹「自己打自己」，那是一種「教育」，相當有益的

「打架教育」。要是跟別人家的孩子打架，那就等於破壞了人群的和諧關係。這怎麼可以！

「打架教育」只有在兄弟姊妹這種極端難得的親密關係裡才能實施。換一種關係，「它」就成為有害的了。「關係」是有很大關係的。

我不希望我的孩子對人「動粗兒」，但是我希望我的孩子知道「動粗兒」是怎麼回事。我不希望我的孩子打人，但是我希望我的孩子能有一點挨打的經驗。

當然我可以教孩子太極拳跟擒拿術，每天下午讓她們到院子裡去比武。可是這種「排演的打架」對於人生經驗的豐富毫無益處。因為練武的時候，既不憤怒，也不激動，一片虛假，一無是處。人在真打架的時候，總是憤怒激動的。關於憤怒激動的學問，必須在憤怒激動中學習。

君子是從不打人的，不過這一點對於一個君子的修養並不重要。君子的本色是挨打的時候屹立不動；身體儘管搖晃，甚至撲地不起，但是意志仍然像一座泰山。一個人必須先成為不可征服的，才能算真正的強者。至於他能不能征服別人，根本無關緊要。

一個小時候沒受過良好「打架教育」的人，一旦挨了一拳，會忽然臉色死灰，嘴唇慘白，彷彿天崩地裂，世界末日已經來到；憤怒得要爆炸，羞愧得要尋死。這種人不能擔當大事，也不能擔當小事。只能為他禱告，希望天下無事。

君子動口不動手，但是君子不能保證瘋子也跟他一樣。

一個君子，並不因為挨了一巴掌就變得下賤。「批其頰」是一種使對方成為下賤的「傳統武技」，但是對於一個君子，它完全失去了效用。一個君子雖然挨了一巴掌，仍然能夠不失尊貴的氣度。他膽小得「不敢」鄙視任何人，不敢判任何人為「下賤」；但是他堅強得挨了十巴掌仍然不喪失高尚的信念。

我希望我的孩子都有高貴的思想。但是我又深憂她們不夠堅強，來日長大，一旦挨了巴掌，就覺得是渾身沾了糞便污泥，自覺「下賤」起來，那還得了。因此她們必須學習「挨打」，培養一種巴掌污損不了的尊貴。在巴掌的污泥中，她們是潔淨的白蓮花。這就需要一點適當的「打架教育」了。

「打架教育」的目標是「增長個體挨打的經驗，解開肉體痛苦與自卑間的聯結，使受教育者培養一種暴力所不能征服的堅強，侮辱所不能污損的尊貴」。

我對櫻、琪打架的事，沒有任何遺憾。不但沒有遺憾，反而為她們的完成教育覺得寬慰。打架總會帶來一些無傷大雅的小傷痕，不過比起它的教育價值來，實在算不了什麼。

我等兩個孩子都冷靜下來以後，才捧著家庭小藥箱，分別給她們敷傷。兩個孩子跟我談話，都帶著相同的歉意。在她們的「意到筆不到」的言語中，似乎是說：『真不應該趁您不在家，做出這種驚天動地的事。』

如果我在家，她們還能有機會接受「打架教育」嗎？

我問她們哪裡傷，哪裡疼。兩個孩子都很冷靜的向我報告「挨打」的「戰果」。我動用了一些紅藥水、松節油、藥棉——每一種教育都會動用一點經費。

「媽媽」對於孩子的這一場戰爭，起初有點兒不忍，有點兒心疼。我進門的時候，她已經開始進行訓誡。幸虧她看到我以後，即刻把這個沉重的任務交到我手裡；訓誡因此中斷。聽完她的報告，我知道是一種教育「發生」了，我覺得安慰。

櫻、琪都希望我讀她們為自己寫的「戰史」，但是我認為這是幼稚的。本質上，這並不是「戰爭」，這是「教育」。我告訴她們應該認清這件事的真正意義。

這場「非戰爭」，對我們家來說，收穫的豐美是描述不完的。它使兩個孩子受完了「打架教育」以後，同時也發現彼此都已經「長大」，她們應該比從前「更」互相尊重了。

它同時也使兩個大人發現了自己的疏忽，有機會及時改正。

櫻櫻是一個比較聽話的孩子，這是一種「獨生女的美德」。但是在「群雄割據」的局面下，她卻變成國際間的「解決問題之鑰」。她無形中接受一種「不問是非」的「大讓小」的教育。她永遠是「哥哥吃小梨」。一個小孩子在還沒有「堅強的站起來」以前，在還沒有「發現自己」以前就接受「禮讓教育」是很危險的。這種教育如果逐漸滲透了她的性格，就會使她喪失「征服環境」的能力。

我們實在應該早想到這一點。琪琪從小沉默寡言，用心專一，表現出一種驚人的恆心跟耐性。她雖然有時候因為過分固執挨了罵，但是她的學業卻從來沒教大人操過一點心。兩個大人知道她能奮勉上進，逐漸在小事上不跟她計較，不料卻因此養成她對櫻櫻的不禮讓。

在櫻櫻的心目中，家庭裡顯然已經產生了「不平」。這次「非戰爭」，就是為這個爆發的。

我在這篇文章的「開場」已經描述過了，我及時宣布家庭裡的「政治制度」，目的就是要維護櫻櫻在家庭憲法裡的合法地位——父母不在家的時候，由於「憲法」賦予她的責任和權力，琪琪必須對她服從。

不過，我真正想跟櫻、琪說的卻是我的一種獨特的哲學：

一個人如果不能奮發向上，受人重視，他的謙和不謙和，根本毫無意義；但是，一個具有值得重視的美質的人，如果不懂得謙和，他的美質也就變得格外不重要了。

人類社會所能接受的，事實上只有一種人：謙虛的傑出人物。只有在這種人面前，他們才肯獻出人性中的「稀有情素」——敬愛。

# 月亮和孩子

一千二百多年前唐明皇遊月宮的時候，他看到月宮上的橫匾是「廣寒清虛之府」。用現代話來說，就是：「廣闊．寒冷．潔淨．空虛的大廈」。

如果你有心氣死現代的太空科學家，趕快引用《天寶遺事》裡的這一條，用「通訊社華語」說：『略多於一千二百年之前，湯命晃（譯音），一個精研音樂與戲劇之中國皇帝，已曾親自完成對於月球之探測。彼之所見與美國太空人阿姆斯壯之所見者無異，足證中國人之探測月球，正與彼等之發明火箭相似，實早於西方之科學家。有關此事之經過，載於《添包衣士》（譯音），一本記錄有關前述皇帝之傳說的專著。』

不過，從文學的角度來看，那個寫唐明皇遊月宮的「五代」時代的文人，在運用想像力的時候，竟能帶有「肉眼天文學家」的客觀色彩，實在令人驚異。

中國詩人在最寂寞的時候，常常只有月亮相伴。丹麥童話作家安徒生的《月的話》，也使月亮帶有「人類的朋友」的色彩。十六世紀英國詩人西德尼，心中有

「愛的煩惱」的時候，看到月亮升空，就很含蓄的，很悲惘的跟月亮談起話來：

『月呀，你的步態多憂傷，你多沉默，你的面容多憔悴！』

阿姆斯壯登陸月球以後，雖然沒有在那上頭發掘到唐代遺物，但是他卻把「廣寒清虛」的印象帶給了全世界。他證實了「一輪明月」是一個「廣闊寒冷的大廈」。對中國人來說，這真是人類「往後」邁了一大步！

從前的中國孩子，月夜坐在廊下，睜大兩顆黑寶石，很貪心的希望能看到那個名叫「嫦娥」的「瑪麗蓮．夢露」，希望能看到那隻跟澳洲袋鼠一樣大的兔子，希望能看到那個姓吳的「太空裡的樵夫」。現在，他們又很貪心的，希望能看到美國那姓「阿」的人的大腳印兒！

征服距離的「最快的交通工具」是想像力。兒童恐怕是人類中最早的太空人。這種「早期的太空人」，我家裡有三個。

櫻櫻是已經「開始」念物理的孩子，所以她對於月亮裡那三個「恰好可以組織一個小家庭」的居民，已經喪失了興趣。伊甸園裡有亞當，夏娃，蛇。月宮裡有吳剛，嫦娥，兔。多好！

她在語彙不足的「學語期」，常常很熱心的希望吳剛是嫦娥的「爸爸」，嫦娥是吳剛的「媽媽」，兔子是他們的孩子。現在，她已經不再喜歡「把他們結合起來」了。

跟她提起這一段往事，就像跟一個成名的作家談起他四年級那篇寫著「不高也不矮，不胖也不瘦」的作文〈我的母親〉。

不過櫻櫻並不是不喜歡人提。她是覺得那些傻事太「神話」了，所以她聽了只是淡淡一笑。

她現在最關心的是人間這個小家庭。她「一生難忘」的是我們剛搬到新家來頭一次過中秋的情景。

那天晚上，以櫻櫻的「相對論」來說，因為風大，天上月亮走得很快。那是雲的精采表演。櫻櫻搬茶几、籐椅，把院子布置成一個露天小客廳。她招呼大家入座，像在滑梯上排列蘋果。乙到甲走，丙到乙走，甲到丙走，團聚無望，除非使用釘子。除了瑋瑋因為還沒出生當然不能參加以外，琪琪顯然關心的是戶內的積木，我盤算著什麼時候躲進書房去趕完稿子最合適。「媽媽」關心廚房沒洗的碗盤，勝過關心天上「如飛」的玉盤。

茶、柚子、月餅，排列在茶几上等人，可是真正「全家都在西風裡」的時間不到一分鐘。美化「現在」的最有效的方法是留待三年後再去回想。今天離那天已經六年，所以對櫻櫻來說，它的美是「加倍」的。

『我最難忘的是那一年過中秋的情形。』她說。『美極了！』她根本忘了那年颼颼的秋風，忘了我們只賞月一分鐘，忘了月亮要飛走。

她最愛月亮。可能是因為「人真正感動的時候語彙最貧乏」，她對月亮的讚頌永遠是：『美極了！』

琪琪從小對天上的星球有興趣，跟我說過『天上會出兩個太陽，一個照你，一個照我』的使人難忘的話。她上幼稚園小班以前，常常像房頂上的黑貓那樣靜靜的坐著看月亮。但是她「長大」以後，似乎對月亮沒有什麼感情。

坐在窗下書桌前用功，月亮常從窗外用銀光裝扮她的側面像，但是她全不動心。我把掛在屋角像一盞燈籠，或者掛在椰樹梢像個大椰子的月亮指給她看。

『唉，很好看。』她說，巴結我的成分超過對月亮的欣賞。

像月亮從側面窺探她一樣，我從側面窺探她對月亮的印象。我很難過的發現，她的月亮，只不過是「石頭」，或者「沙漠」。只有月光亮到不開電燈竟能看書的時候，她才露出一點喜悅，但是那時候她是低頭讀書本，並不舉頭望明月。在她的心目中，對月亮的讚美似乎只是一種「禮節」，對人的。

瑋瑋小時候把月亮當人，一個陌生的俯視著廳外的院子的「圓臉先生」。她在廊下看到月亮，常常大驚小怪的關門閉戶，跑到廚房或者書房，向媽媽或者爸爸報警：『「他」來了！』就像報巨人來了一樣。

天上那個大銀盤一定使她產生過恐懼心。她也許曾經很熱切的期待過媽媽把「他」趕走，爸爸拿棍子出去打「他」。這個「爸爸媽媽都不介意」的怪物，有一張大白臉，釘著她看，不走。

使大人半夜醒來忍不住要搖醒沉睡人起來欣賞的滿房月光，對瑋瑋，可能曾經是一種「他要進來了」的恐怖，銀色的恐怖。

不過這一兩年來，可能是相處久了，她已經逐漸感覺到「他」的可親，不再對頭頂上的那個「人」介意，不再為頭頂上有「東西」不安了。我很久以前想為她寫的一篇「圓臉先生」，當時不下筆，現在恐怕已經遲了。一個幼稚園中班的「學生」，再不能用她一對發亮的桂圓核兒向父親敘說那樣動人的故事了。

在這篇文章必須有個收場的時候，很想省事的引用兩句深情的舊詩，作一個巧妙的結束。不過我抑制了這個衝動。就這樣結束吧。不要去想阿姆斯壯印在玉盤上的大腳印兒，今天是中秋。

# 瑋瑋小事

她不喜歡蓋被臥，不過對褥子並沒有惡感。夏天不用說，她一向是掀開汗衫，光著肚子睡到天亮。冬天，她像松柏一樣耐寒，夜裡睡覺，肚子上連一條手絹兒都不蓋。她雙腿格外有力，是「踢被臥」鍛鍊出來的。

上牀的時候，她有枕頭，有被臥，跟普通孩子的配備並沒有什麼兩樣。可是半個鐘頭以後，胃睡熱了，她受不了，在睡夢中用她的「童話方法」，爬到被臥上頭去睡，蓋的被臥變成墊的褥子。為了維持肚子跟清涼空氣的經常接觸，她身上仍舊什麼也不蓋。

媽媽為了應付這種局面，平日陸續為她添置的小被臥已經有五、六「牀」了。夜裡什麼時候醒來，發現她沒蓋被臥，就隨手抓起一「牀」，輕輕替她蓋上，免得去扯她身子底下的被臥，把她弄醒。但是半個鐘頭以後，她彷彿會「穿牆術」似的，又睡到第二「牀」被臥上面來了。

被臥一牀一牀的添，越堆越高。到了天亮，她就像睡在一座祭壇上，身上仍舊連一條手絹也不蓋。

✺

她擅長「註解」，可以加入詞典的編輯團。

一天早上，我在洗澡間裡，一邊「大」著，一邊看報。她進來洗臉刷牙，站到媽媽替她準備的凳子上去，打開水龍頭，往白色的瓷臉盆裡放水。

她回過頭來問我：『你知道小象胖嘟嘟後來怎麼樣嗎？』

『賣到馬戲班裡去了。』我說。

『不是馬戲班，是馬戲團，知道嗎？馬戲團，跟我說一遍！』

『馬戲團。』我說。

『對。』她點點頭。『你知道「團」是什麼意思嗎？』

一邊看報，一邊談天，這是很吃力的。我很不周到的回答著說：『團是一種組織。』

『錯！』她說。『團就是團體，你知道嗎？團體，跟我說一遍！』

『團體。』我說。

她實在應該設法縮短午睡的「長度」。在幼稚園裡，她是「上午班」，因此享受午睡很方便。她的時間是從下午三點睡到七點。喊她起來吃晚飯，她睡眼矇矓，很不情願。

因為睡眠充足，夜裡就不肯上牀。大人疲憊不堪，先後去睡以後，她仍然一個人單獨留在客廳裡活動。如果強迫她上牀休息，她就設法把大人哄睡了，然後悄悄的又回到客廳。

✺

她常常在深夜一兩點鐘，推開我的臥室門，把我搖醒，說：『電視機壞了，裡面沒有人，只有一些亮亮的星星。它會不會爆炸？』

或者：『我剛剛打電話到辦公室去找你。你不在那裡。』

✺

她對肥皂粉有濃厚的興趣。星期日媽媽洗牀單，用特大號腳盆「打」一大盆肥皂粉。肥皂泡纍纍，像一大串透明葡萄。

她在旁邊觀察，羨慕得很，也引起了她的「犯罪動機」。

有一天，廚房裡一大包鹽不見了。隨後，媽媽就在後院發現一大腳盆的鹽水。

有一天，廚房裡一包麵粉又不見了。黃昏的時候，媽媽在後院裡發現一大盆粉漿。

第一次，她是「玩兒鹽」挨罵。第二次，她是「玩兒麵粉」挨罵。媽媽跟我在書房裡研究瑋瑋的「犯罪意圖」，忽然大悟，急忙轉身奔進廚房，把一大罐肥皂粉拿到書房裡來，對我說：『請你替我保管。她兩次下手都撲了空。她要的就是這個東西！』

✺

她是一個「文盲」，因此口耳非常敏銳。任何話，聽兩遍，她就「一生難忘」。她的記憶力是驚人的。

念完幼稚園小班以後，她憑著一張在榮星花園拍的彩色團體照片，就能念出班上四十個同學的名字：吳雅琪、楊憶明、周立德、陳一信、施子真、尹忠明、顏慧娟……。比較特殊的名字是齊解憂、丁必容。還有一個同學叫橫濱，另外一個同學叫陳用。一個叫陳仁政，一個叫王聖恩。一個叫穆其星，一個叫許之光。一個叫陳敦遠，一個叫貝厚鄰。

問她怎麼記得那麼多。她說：『聽點名才知道的。』

✺

她雖然沒有收入，但是她實行儲蓄。她的經濟來源是我的〇〇七手提箱裡的零錢。

下班回家，她會在客廳外接下我的手提箱，把裡面的東西全部倒出來，攤滿了一地板，然後在裡頭找尋零錢。有時候是三塊，有時候是五塊，有時候是七塊。她把每天搜來的零錢塞進她的「大肥豬」。我喜歡她儲蓄，因為她的「大肥豬」是有「門」的。我要用零錢，也可以在那裡面拿。她一向不記帳。

✺

她吃飯一定得聽故事。我跟媽媽輪流講。我講的時候，媽媽爭取時間趕緊吃。媽媽吃過了，「接棒」往下講，輪到我吃飯。一頓飯通常要吃一個多鐘頭。

現在已經替她買了手提電唱機，吃飯的時候，就在她背後的小桌上放故事唱片。大人可以安心享受一頓飯，她也可以享受她的「一頓」故事。一餐飯大概要放兩張四面。

那三十個故事她已經聽熟，大略能背。她的興趣轉移到聽唱片裡的雜音。她知道哪個故事裡有一聲咳嗽，哪個故事裡有兩聲汽車喇叭，哪個故事裡有飛機飛過。

✺

她喜歡電視劇《春雷》，會唱：『……溶化我的煩惱，溶化我的煩惱。』曹旅長，周副官，劉隊長，雷建邦，春華，碧雲，曹雄，曹珮，都是她最熟悉的人。

她把電視機當作是她一個人的。每天晚上，她用「影院老闆」的身分，親切招呼大家入座。她知道我對電視裡的世界所知道的並不多，所以常常替我作「人物介紹」。

有一個星期日晚上，我邀她一起到客廳去看《春雷》。

『星期日怎麼會有《春雷》？』她說，『好笑死了！』

✳

她也已經感受到時間的壓力了。她一直怕上學遲到。

早晨，看到她一身睡衣，提著叫鬧不停的鬧鐘，像提著一隻要宰的雞，匆匆忙忙從臥室衝出來，嘴裡嚷著：『恐怕來不及了！』我會微微感覺到惆悵和不安。

「時間」控制一切，吞噬幸福。這個純真的孩子，也快要跟我一樣，長成一個守時的「機器人」了。

# 為「斯諾」寫的

想知道主人有多忙，只要看看他家養的白狐狸狗。如果白狐狸狗的毛是黃的，主婦一定相當忙。如果白狐狸狗的毛是花的，連先生也相當忙。如果白狐狸狗的毛是黑的，連孩子們也都跌入了忙碌的漩渦。

以「白色天使」的身分進入我們家的「斯諾」，大家在偶然不忙的時候，雖然還愛牠像愛天使，但是牠的毛色卻已經有了問題。

如果斯諾懂得中國的國語，如果牠像人類那樣聰明得會用煩惱來折磨自己，那麼牠現在臉上就應該有一副「失意人」的神態才對。牠剛進這個家門的那一天，從一家人嘴裡聽到的許諾，足夠裝滿牠的「幸福車」。可是現在，牠的幸福是空的，那些「美麗的諾言」也早已經消逝。在「狗社會」裡，這個可憐的「乞丐王子」，這個金枝玉葉的「落寞客」，必定會成為眾狗嘲笑的對象。牠快樂，很固執的相信自己幸福，可是實際上牠一無所有。

我們答應給牠一間純白色的「公館」，命名「雪屋」。但是現在牠所住的不過是一個破蘋果箱。這個箱子又淺又小，牠每天夜裡必須，瑋瑋說的，把身體「弄成長方形」才住得進去。如果你以為牠住在這種「建築物」裡會抱怨，那就錯了。

夜裡我開廳門到走廊上去看夜景，去欣賞四周高樓上那些亮燈的窗戶像欣賞「方形的星」，偶然低頭看到硬把自己塞進蘋果箱的斯諾。牠用牠的黑桂圓核兒親切的看我，像是說：『我已經上牀了，不想再去陪你。要不要進來玩玩？大家擠擠。』充分流露出對臥室的滿意。

我實在佩服牠。並不是由道德的觀點佩服牠能安貧，實在是由純技術的觀點佩服牠「摺疊身體」的技巧。牠像液體一樣，裝在方杯裡就變成方形。牠是快樂的變形蟲。

我們答應過最少每星期替牠洗一次澡。後來自動改成每個月至少找個星期日替牠洗一次澡。現在，我們為了良心上的安寧，已經開始研究狗皮膚究竟有沒有汗腺。要是斯諾的皮膚並沒有汗腺，何必替牠洗澡？牠根本不出汗，不可能滿身臭汗。

櫻櫻、琪琪都答應過每天替牠梳毛，要使牠身上的毛全部成為「平行線」，成為「湖邊的垂柳」。可是實際上，牠身上的白毛現在已經成為「編織品」，而且到處是「繩結」，就是有最好的梳子也「耕耘」不動了。

在公共汽車上，一個婦人對身旁流鼻涕的小男孩說：『你沒有帶手絹嗎？』小男孩歪頭看著婦人，回答說：『帶了，可是我不想借給你。』斯諾就像那個流鼻涕的小男孩，並不為自己那一身亂毛難過，反而在人家拿毛刷走近的時候閃身躲避，怕人家弄亂了牠的毛！大概在斯諾的狗心裡，主人的荒怠所造成的「毛亂」竟成為牠自己所珍惜的天生「麗質」。牠婉拒主人的懺悔像孤高的隱士婉拒帝王的賞賜。

三個孩子都許下諾言，要幫忙餵斯諾，要使牠三餐無缺，獲得定時的供應。但是現在，斯諾早就習慣了「一天二十四小時中任何時刻都可以開飯」的生活方式。我們常常在臨出門上班的時候才想起應該給斯諾開飯。我們常常在端飯出去給斯諾的時候看見牠還活著，覺得非常欣慰。

人類實在已經到了應該發明「電子全自動餵狗機」的時候了。要不然，就應該趕快建立一種「托狗所」或者「狗銀行」的企業，所有養狗人家平日都把狗「托」在托狗所，或者「存入」狗銀行。大家只管繳費，用錢來培養可貴的「養狗意識」。到了什麼時候有空了，真想看看自己所「養」的美麗的狗，就打一個電話，叫他送狗來相聚。人類實在太忙，我說的是現代人。

現代的狗都得不到「家庭的溫暖」，像現代子女一樣。偶然在街上看到一隻「毛髮」梳理得很光潔的狗，大家雖然心中生愛，可是難免會推測牠的主人一定是個沒有出息的。這隻狗的主人不忙，才有工夫整天弄狗。『閒到替狗梳毛，多可怕呀！』這是現代邏輯。

五十年後，人類一定會比現在更忙，而且不會有精神病人，因為大家對「精神分裂」都已經習慣了。那時候，我們養的狗都是紙做的，根本就沒有「洗狗」那種麻煩問題存在。狗一髒就扔，這樣才能刺激「狗工業」的生產。拿到狗博士學位的設計師要整天埋頭忙著設計「明年的新狗」，這樣才能刺激消費，促成狗工業的壯大。小學生研究像斯諾這樣的狗，就像研究古代的恐龍。

恐龍，對不起，我是說斯諾呀，我們對不起你！我們是靈長類，你是「靈次類」，可是從許多地方看起來，你比我們還有「人性美」。

為了想進客廳跟我們相聚，你常常用你豐滿的「臀部」去阻擋紗門。你把你沒有眼睛的那一頭兒伸進了客廳，希望最少有半個身子能享受到家庭的溫暖。我們真不應該用冰涼的鐵鏈栓住你有眼睛的那一頭兒。幸好你的聽覺很靈，客廳裡要是有笑語，你會用你的白尾巴拍紗門表示你的欣慰。

在我們把你冷落到這種地步的時候，你把門仍然英姿煥發，忠貞堅毅。深夜只要有腳步聲離大門太近，你不管睡得多熟，都會猛然奮起，用「變聲期的怒吼」大喝一聲：『給我站住！』你因為奮不顧身，竟「連人帶蘋果箱」滾落了院子。我相信你頭一定碰得很疼。

鄰家晾衣服，竹竿伸過院牆來不過三寸，你都不肯答應。你會『不可，不可！』的大聲制止。你甚至連「領空」都管，風箏入牆，你是無法忍受的。電力公司的人爬牆外的電線杆修理路燈，你認為這是一種對私宅的無禮窺視，怒吼不止。等他修理好路燈，你的嗓子也啞了。電料行來修理電燈的學徒罵你『壞死了！』因為你對「外人」永遠不放鬆。

「媽媽」清晨到院子去撿報紙，你因為整夜值班，正在「補覺」，常常連眼睛都不睜開，只用尾巴敲兩下蘋果箱道早安。你早就熟悉家裡的一切音響，熟悉每一個人的腳步聲。

你想跟大家親熱，可是大家都已經被人類所發明的管理制度逼得喘不過氣來。看到你搖動的白尾巴就想起鐘錶上的秒針。不管你傷心不傷心，我只好坦白告訴你，你所敬愛的國王、王后、公主，都是冷酷無情的「有腿的機器」。尤其國王和王后，他們所服務的機關永遠不放假。

有一次我很驚奇的發現你是一個紳士。你是一隻「男狗」，但是你卻不像粗暴的男人那樣輕視女性。你對女性特別尊重。訪客對你有批評。男客的批評是：『好厲害的小傢伙！』女客的批評卻是：『很乖，很容易跟人廝熟。』你比人類有人性得多。

斯諾，你就在窗外，你離我最近。現在全家醒著的「人」，就只有你跟我了。

你知道窗內人深夜不睡在做什麼嗎？你知道這個不睡的人拿著筆在稿紙上寫些什麼嗎？

# 天國鳥

這幾天，家裡的空氣非常嚴肅，因為小啾啾就要離開快樂的人間，到另外一個更快樂的地方去了。大自然的法則是不可抗拒的。你不了解它，就會有掙扎，有哭泣。你了解它，就會覺得這是一件嚴肅的事情，非常嚴肅非常嚴肅的事情。如果由了解再進入欣賞的境界，你就會含笑面對它，甚至喜歡它。

潮來的時候，大海洶湧澎湃，熱熱鬧鬧；這就是人生。我童年有一次黑夜溜出去看海，站在沙灘上。空中有星光，海水安寧寂靜，一片祥和的氣氛。那是退潮的時候，那是人生以外另一種境界的象徵。

在瑋瑋很小的時候，「媽媽」主張買幾隻小鳥兒讓她學「看」，作眼球運動。當初買的是一對黃色的鳥，配上一個漂亮的鳥籠。阿蘭每天抱著瑋瑋在離鳥籠五尺的地方，讓瑋瑋烏黑發亮的眼珠，追隨兩個鳴聲清脆的音符，忙碌運轉。這已經成為日課。

我了解「媽媽」，她的童年在農村裡度過，所以她喜歡植物，喜歡動物。在她的觀念裡，這個世界本來就是一個很大的植物園，很大的動物園。不像我，在童年，除了有一次跟父親、二弟到農村去「探險」以外，我的「大自然」不過是公園，我的大自然不過是「高樓所包圍的一片綠地」。我喜歡的是玻璃、鋁、水泥所造成的整潔。當然我也喜歡花，喜歡樹，但是我不能容忍肥料。我也喜歡貓身上的「呢」，狗身上的「絨」，但是我不能容忍牠們生存所必須的排泄。

說我不喜歡動物是不正確的，不過牠們必須「全部洗過」倒是真的。「媽媽」有一次說，我所喜歡的動物都是「無色，無味，無臭」的。我知道我的缺點，我知道我是「不可理喻」的，我知道。我生活中接觸最多的是電燈，不是太陽，星星，月亮。我太「都市」了。

「媽媽」，雖然對待老鼠跟上帝一樣「公平」，但是她確實喜歡動物，喜歡雞，喜歡鴨，喜歡鳥，喜歡雀，喜歡貓，喜歡狗。如果我向她提議養一隻老虎，她會馬上考慮鐵籠應該安置在前院還是後院合適，完全認真把它當作一件值得興奮的大事。

兩隻黃色的鳥跟一個銀色的籠進屋沒多久，她馬上又買進一個鳥箱，箱裡躲著一對七姊妹。雖然我明知她已經付了款，但是我還是提出抗議；當然這不過是為了讓她知道我雖然容忍，但是我反對，讓她知道是「容忍的反對」。這也是「記下一筆有用的帳」的意思，留作將來反對第九件「收養案」的本錢。

如果我對她不是一個有力的反對黨，我知道我們的家會變成什麼樣兒：屋裡到處是貓頭鷹、孔雀、鸚鵡、海鷗、貓、狗、狐狸、雞、鴨、塘鵝、金魚、蝌蚪、烏龜、海豚；到處是鐵籠、池塘、架子。家成為「伊索的世界」。

對於我的抗議，她說：『你不能老讓孩子讀那些書裡的鳥。』

『是啊！』櫻櫻說。

『是啊！』琪琪說。

『爸爸最討厭了！』瑋瑋說。

那一對七姊妹就是這麼「弄」進家裡的。兩隻七姊妹用相同的名字，一隻叫「小啾啾」，另外那一隻也叫「小啾啾」。『小啾啾今天不吃東西。』指的是這一隻。『小啾啾今天吃了好多菜葉。』指的是那一隻。孩子都知道哪一隻是哪一隻，她們認得。我不同。我只知道牠們是躲在鳥箱裡的兩隻「小麻雀」，心中有內疚，不敢見我，哼！

鳥箱本來是擺在前院走廊上的白色鞋櫃頂，不幸那裡是「黑野貓小徑」，每天黃昏都會聽到小啾啾在鳥箱裡亂撲亂撞，尖聲喊救。打開客廳門，就會看到那隻黑野貓擺好架式，兇殘的眼光裡含有『誰也別挨近我，我有權處置這兩個小傢伙！』

的威勢。孩子用竹竿敲打牠的銅筋鐵骨，牠像雨點敲打下的蠻牛似的，很不在乎的，很不情願的，很厚重的一縱身兒，內功深厚的落在牆頭，回過頭來，用豹眼一瞪：『明天日落時分，原地相見！』使人全身冰涼。

『在下奉陪！』我站在孩子的背後，用威武的眼神回敬牠一眼。這可憐可氣可惡可憎的黑大蟲！

我是有正義感的。從那一天起，我成了小啾啾的保護者。我捲入動物社會的漩渦，連寫稿的時候書桌邊都放著棍子。每天黃昏時刻，我的耳朵敏銳到聽得見螞蟻走路。只要外面有一點兒動靜，我就扔下筆，提起哨棒。

「媽媽」懂得動物社會的法則，同時也不希望我那麼緊張，更不願意看我拋棄正當的人生理想的追求，沉淪到過起「武松」的日子來。她悄悄把鳥箱搬到後院，安置在簷下一把舊交椅上。後院是個天井，也是貓的陷阱，那黑大蟲就不再來了。一家人每天早晨到洗澡間去，都要經過鳥箱，照顧起小啾啾來，也更加方便了。

瑋瑋一天天的長大，由看鳥人變成養鳥人。她會給小啾啾換水，添米。她打開籠門的時候，小啾啾都很虔敬的退後一步，讓她用農業社會的速度為牠們服務，並不趁機會衝出籠門，一飛沖天。小啾啾老成了，喜歡在一個地方安頓下來。牠們不像血氣方剛的年輕鳥，所謂「自由」只限定在「空間」的意義上。牠們已經能像莊子，在蝸牛殼裡尋求自由的最高意義：自己不束縛自己，除了自己沒人能給的自由。空間已經失去了意義。

事實上，牠們都比瑋瑋大。瑋瑋剛過五足歲，牠們早超過五歲。不談軀幹的大小，牠們是瑋瑋的長輩。高壽的鳥是幾歲？動物學者說，有一種烏鴉可以享受六十九年的愉快歲月。貓頭鷹博士的學者生涯是二十四個多采的春秋。健康的麻雀一生可以參觀五次世界運動大會。小巧玲瓏的鳥，平均大概可以舒舒服服的享受三千六百五十天的好日子。小啾啾幾歲進我們家門，不知道。大概是兩三歲的時候吧。

幾個月前，第一隻小啾啾聽到大自然的召喚以後，安詳長眠，睡得很甜蜜。那時候孩子都不在家，兩個大人用魔術方法使牠不留一點痕跡在人間，像陽光下消失的露珠。孩子們問起。我指著後院上面的藍天。

『飛了？』一個問。

我點點頭。

『牠不喜歡我們的家。』一個惋惜的說。

這一回，第二隻小啾啾「老是想睡」的時候，孩子們都在家。瑋瑋最先發現這件事。『小啾啾好像很睏。牠什麼都不吃，喜歡躺下來。』她說。

夜裡，櫻櫻、琪琪做完功課，看看媽媽已經「被瑋瑋哄睡了」，瑋瑋自己也睜不開眼睛了，就聚在一起，低聲談論這件事。

『櫻櫻，快看，牠好像要走了。』琪琪低聲說。

『小聲點兒。』櫻櫻說。『好奇怪。牠裡面的「人」會到哪兒去？喂，看，又回來了，眼睛又睜開了！』

我到洗澡間去。她們看到了我就散開了。我感覺得到她們在背後靜靜研究我，也對我的「未來」發生了興趣。她們希望能懂宇宙間最迷人的祕密！

小啾啾離開快樂人間的第二天，瑋瑋在鳥箱裡找不到牠。

『牠呢？』她問。

『走了。』我說。

『你「總得」告訴我牠到哪兒去呀！』她不滿意的說。

『回天國去了。』我又指著頭頂上的藍天。『牠是從天國來找你玩的。玩了這麼多天，牠睏了，就回到天國去睡，去蓋漂亮被子，去靠軟枕頭。牠是一隻天國鳥啊。』

卷五

# 焚燒的年代

# 肥胖季節

大衣，棉被，厚夾克，使我體重增加。冬天成為我的肥胖季節。雖然冬衣裡頭的模特兒還是瘦瘦的，但是他給人的印象十分豐滿——由衣物所造成的。

初學駕駛的人，因為目測能力差，車子常常撞人。我穿棉袍在家裡，身子的厚度幾乎增加一倍，夏天裡運用靈活的目測力完全失效，碰倒茶杯，撞落參考書，成為常事。起來走動，就像大軍過境，棉袍背後一片殘破景象：交椅成躺椅，花盆成車輪，字紙簍盡情傾吐，所有直立的家具都成為橫臥的擺設。

瑋瑋在地板上苦心經營的狄斯奈樂園，最怕我的龍捲風。她常在我背後當拉紗的花童，免得我的袍襬輕輕帶過，使她又得從頭把〈創世紀〉寫起。

冬日所養成的新目測能力，常常使我在夏天變得十分神經質：側身走過足夠兩個胖子並肩通過的空間，無端伸手去扶矮茶几上平安無事的茶杯。反過來說，夏天培養成功的目測能力，卻使我在冬天闖禍：吃過飯離席的時候，竟把自己的座椅拖走；伸筷子夾豬肉，象腿粗細的袖管竟把整碗湯掀翻。

並不是冬天使人手腳麻木，我對於衣服裡那個模特兒的靈便仍然充滿信心，問題全在包裹模特兒的那些渾厚的無機物，不能發揮皮膚的雷達作用。開慣計程車的人開起十輪大卡車來，難免磕磕碰碰，連路邊的電線杆一起運走。

有人問起體重，總要設法澄清一下：『連不連衣服？』那個差別是很大的，大到有時候關係到倍數問題。

野獸在天寒地凍的季節能夠保暖，全靠毛。人類也一樣，也全靠毛——其他動物的毛跟人造毛。人類的祖先本來也是多毛動物，不過人類身上的毛，後來因為「進化」，都「退化」了。現在的人類，除了少數最健壯的蛙人以外，都沒法兒光身度過寒冬，如果不穿衣服，都要成為「一年生動物」了。許多人擔心將來人類到了月球，萬一氧氣囊破裂，或者那座塑膠城跑氣，就會有生命的危險。其實人類住在地球上並不比住在月球安全。人類在地球上一樣靠一層「身外之物」來禦寒，要是真有一天各種纖維的來源斷絕了，人人照樣會有生命的危險。地球，月球，對人類同樣不安全。

冬天，一個人只要進入洗澡間，就會感謝上帝。看從自己身上剝下來的一層一層的假毛，假皮，起碼論斤，不能論兩，他就會覺得自己能活著實在是幸運。那時候，如果他敢英勇的拉開洗澡間的門，光身走進冷風中的院子裡，十步之內，就要得肺炎；甚至可能七步成屍！

在洗澡間裡，一個人把七層「皮」全部剝光，讓單弱的模特兒溜進熱水池裡去的時候，他的思想可能沉淪成禽獸，也可能淨化成聖人。

人生不過是圖個不餓死，不凍死罷了。為了保住鼻孔裡的兩絲氣息，什麼事情都可以做。屈辱有什麼關係？狡詐有什麼關係？凡庸有什麼關係？不道德有什麼關係？爭奪根本是本能，有什麼不對？那時候，這個洗澡盆裡的哲學家，其實是一隻禽，一頭獸。

人類這麼脆弱，這麼可憐，彼此之間還有什麼好爭奪的呢？我們僥倖活著，全仗著發明，全仗著知識和技術的同享。為什麼不互敬，互愛，互讓，互尊？為什麼不設法使大家活得更尊貴，更像金枝玉葉？為什麼不遠離邪惡，做個堂堂正正的君子，為什麼不活得像個大宰相，肚子裡有個太平洋？何苦活得像個侏儒，肚子裡的水溝放不下一個獨木舟？這時候，那澡盆裡的哲學家，實在已經是個聖人。

如果冬天僅僅是給人一個「泡在熱水池裡沉思像傻瓜」的機會，那麼冬天實在算不得一個可愛的季節。冬天最大最大的迷人處，是它本身所蘊含的神祕的「冰火」美。熊熊的烈火是由冰雪造成的。在人生的歷程中，一個人走進天寒地凍的冰封世界，「冰火」就會燃燒起來，起頭像一顆帶寒意的金豆，然後就像燭光，最後這星星之火竟把冰雪當燃料，吞吐狂舞像太陽！

每一個人都能從最平凡，最細微的小事上看到冰火的美！我第一次看到冰火是在童年。

那年十二月，家鄉的天氣突然冷得使人在大衣裡發抖。父親在清晨把我從冷灶似的被窩兒裡「提」起來。我穿笨重的大衣像穿蟬翼。被窩兒裡，被窩兒外，都成了我的絕地。我只有跟隨著他，瑟縮著出門走進還是一片漆黑的公園。

『現在開始啦，跟著我跑！』父親說著，他的黑影子就一顛一顛的鑽進黑暗中。我像掛在火車頭後面的貨車，也向黑暗陰冷中開過去。在聽不到人聲的大黑公園裡，只有父子兩個人在那裡用冰涼的皮鞋敲打冰涼的林蔭道。不久，我覺得有一股暖氣通過全身。不久，我覺得全身刺癢難受。不久，我額上戴著珠冠。在沒有太陽的八點來臨的時候，我已經變成一部冒著水蒸氣的火車頭，手裡抱著大衣、圍巾、手套，陪父親散步回家。一進家門，看到屋裡的人抖抖縮縮，就像電影開演以後，早入座的人看剛進場人打太極拳似的摸索前進。我得意含笑。我全身像一團火，所用的燃料卻是「寒冷」。

冬天，冷風刺骨，下著刀雨，地上全是冰水。我穿著棉被一樣厚的大衣，雙手有套，脖子有圍巾，頭上有帽，撐傘跟一個剛揮舞過鎬的築路人談天。他身上一件單衣，一條短褲，光腳站在冷水裡，頭髮也全溼了。看著他的裝束，我並不起雞皮疙瘩。我知道這個有足夠營養的健康人，現在正在過冬天裡的夏天。直打哆嗦的人是我，不是他。要微笑的話，他會做得比我更成功。

這幾天，稍微有點寒意，我穿了好幾件衣服上班，像塊「千層糕」。可是夕陽西下，晚風起，寒意更深的時候，我打球，覺得簡直可以脫得不掛一絲。勤奮鍛鍊，「冰火」熊熊。這不是人生的啟示嗎？人進入天寒地凍的絕地，「冰火」就燃燒起來。這是冬天給人的最可貴的激勵。「冰火」不是大道理，「冰火」是謎，有神祕的美。

我個人並沒有神祕主義傾向，也不提倡「叫別人去受苦」，因此，我也懂得一個人不跑步的時候應該怎樣享受冬天的舒適。這隻冬夜的貓頭鷹對享受是很精明的（當然，更高的「精明」實在應該是躲進被窩兒）。書桌下擺一個厚椅墊，腳上穿毛襪，身上是一件棉袍，腿上再蓋一牀棉被。電爐由四十五度角「烤」過來。座椅的兩邊各擺一溜椅子，選好的參考書、工具書全都堆在那上面，一杯咖啡，一杯茶；半盒餅乾，一包菸。書桌上有暖水壺、碗、筷子、未打開的一包生力麵；甚至還安排一個「小廁所」。人一落坐，輕易再不離席。我把書桌造成一個「自足」的世界。

在這個自足的小世界，我躲在臃腫的棉花跟羊毛堆裡玩筆，玩書，玩語言，玩意象，一直到眼瞼落幕。

# 聽

我聽到琪琪回家跟媽媽要一張貓皮。

『到什麼地方去買？』琪琪說。『市場外邊有沒有擺地攤賣各種獸皮的？』

『牆上掛個月曆，素淡素淡也就夠了。我不贊成你在牆上掛貓皮，不好看，也太殘忍。每天對著一張貓皮做功課，多不衛生！不許你去跟爸爸提這件事。知道嗎？你一提，爸爸一定贊成。』我在我的房間裡都聽到了。媽媽接著又說，那是對我的批評，聲音並不很大，我是豎起了耳朵才聽到的：『越是新奇的念頭，他越有興趣。』

我在心裡抗議。是誰先主張在家裡養一隻「斯諾」的？可憐的白狐狸狗啊，我始終是你的敵人，雖然你對我並不壞。你的白尾巴，雪白美麗的「狐狸尾巴」，每天至少為我搖兩百下。

是誰沒經過討論，一下子就在家裡養四隻鳥的？把一隻隻的鳥都養到成為雍容的南極仙翁，因為厭倦了地球上的大氣壓力，一隻跟著一隻，魚貫的，駕雲西歸。

是誰買雞挑星期五的？買了不宰，一定得讓孩子先研究兩天，說是都市裡的孩子連雞都不懂，長大了會成為「鄉下佬兒」。然後在第三天，星期日，一大鍋水燒開了以後，又強迫我放下筆和書，帶孩子出去散步半小時，那是為了小孩子不應該觀賞「殘忍鏡頭」。是誰？

我聽到琪琪的笑聲：『我不是把它拿來掛在牆上的！』

下面接著的，應該是媽媽的問話，可是來的卻是一個「默場」。我聽到了五線譜上的「休止符」。大概媽媽僅僅是用眼睛表示了一個「？」。

琪琪說話了，聲音很低。我不能為了想聽一個祕密，老遠的從我的房間走到她們說話的飯廳去，這是鎮靜的人所不應該做的。在琪琪的心目中，依她嚴肅的想法，一個值得尊敬的人物除了使命以外，應該是對一切事情都不發生興趣的。

我瀕臨「剃刀邊緣」。我是應該把自己塑造成中國傳記裡「無血無肉」的蒼白人物呢？還是索性露出英雄本色，擲筆拋書，三腳兩步，像外國傳記裡「有血有肉」，「毛病很多」的傑出人物那樣的衝進飯廳聽下文？

還好琪琪那種「把重要語詞提高半音」的說話習慣幫了我的忙。我用不著下任何決定，就聽到她的「高半音」提到「實驗」，也提到「生電」。

一切都用不著解釋了。那是所有家長都能夠了解的。貓皮，實驗，生電，當然還應該有玻璃棒，這不是很清楚了嗎？資質雖比「福爾摩斯」略差一點的人也都應該能聽懂才對。

我不否認我的聽覺已經越來越敏銳。我不否認近來我心理上有一種細微的變化，細微得只有最細心的人在最靜的夜裡以最關切的心情追憶孩子一天的活動，那時候，他才能感覺得到。一感覺到了，就會心驚。那一點點感覺，會慢慢擴大，洶湧澎湃，自己就像波浪滔滔的情感的大海裡那個在小舢舨上搖槳掙扎的水手。

那一點點令人心驚的感覺是什麼？在櫻櫻、琪琪小時候，我是她們的太陽。她們是我的小星星。我是這個太陽系的中心。那時候，我享受她們「豎著耳朵聽我說話」的樂趣。我的平凡的言語，在她們的耳朵裡「充滿了意義」。我的話像一把金鑰匙，幫她們打開生命裡的知識的門，智慧的窗。我像那個穿花衫的魔笛手。她們走在我背後，聽著笛聲跟著我團團轉。

我是宇宙的中心。那是一種多麼尊榮的地位呀！

就在我認為宇宙的構成本來就該如此才合理的時候，我忽然發現我的小星星都「童話」似的變成了太陽。新太陽的光，新太陽的熱，伴隨著新的引力。她們拉彎了我的軌道，不但不再圍繞著我轉，反而使我變成一顆大衛星。

現在，豎起耳朵聽人說話的常常是我。我的好奇心非常強烈，忍不住要去傾聽櫻櫻跟琪琪的談話內容。雖然我發現她們所談的都是我少年時代所經歷過的，心裡有一種「版權受侵犯」的感覺；但是自己對多采多姿的少年生活的「自豪感」，提醒我，使我知道自己沒有權利去貶抑她們這一段黃金生活的價值，正像別人沒有權利貶抑我少年生活在我心目中的價值一樣。

一直到現在，我的少年生活對我仍然有最嚴肅的意義，不容許別人褻瀆——我把它深藏在心裡，把它當作我在人間所獲得的第一批財富，價值千萬。

如果我很不聰明的加入她們的談話，說：『那算不了什麼，我那個時候啊……。』我就會很愚蠢的傷害她們的自尊心。我自己能忍受別人那樣褻瀆我的少年生活嗎？因此，我只有聽，靜靜的。

一個失去了聽眾的演說家，壓抑住人性中所不能免的憤慨，柔順的坐在聽眾席裡，為「並不比自己往日所說的精采」的演說鼓掌。這是任何人——除了一個——所不能忍受的。那個唯一的例外，就是父親。

父親的故事並不能代替子女的經歷。美麗的少年時代，是由新鮮嫩綠的人生經驗構成的，它是「父親的經驗」所不能代替的。

我不知道「父親隊伍」裡排在我前面的人，怎麼忍受這個階段的割捨的痛苦。

一個星球突然失去了引力，那會是怎麼樣的一個星球？一個人遇到這種情況，他的內心會不會變成學校裡夜間寂靜的操場？離去的，並沒捨棄你，但是不再圍繞在你身邊。她們正在「狼吞虎嚥」的吸收人生的經驗，一個新的，以她們為中心的宇宙正在形成——任何人都不能沒有這樣一個自己的宇宙。「依附物」正在蛻變成「獨立個體」。一個新太陽系誕生了。對一個父親來說，這種「誕生」的代價，就是他的失去了衛星。

世界上最先嘗到「誕生的痛苦」的是母親，但是跟著痛苦來的，還有「喜悅」。我應該含笑忍受。

註冊的日子，在我滿心高興「答應」「帶」櫻櫻到學校去的時候，我第一次聽到：『我已經這麼大了，如果還要父親「帶」，會變成同學嘴裡的「故事」。』『我已經這麼大。』雖然在我的心目中，她們還是那麼小，但是我應該含笑忍受。

每天晚餐以後，她們漸漸的都不再來到我的身邊了。她們急著要去的地方是嚴肅的書桌；但是我應該含笑忍受。

我不是也有我的書桌嗎？我不也是離開了父親「才」來到我的書桌的嗎？那麼，忍受我父親所曾經含笑忍受過的，也許正是我現在所應該含笑學習的吧。

如果她們知道我每天每天多麼關心的「聽」著她們，一定會以為這是每個當父親的人不必掙扎，不學就會的本能吧。

# 焚燒的年代

## ——為櫻櫻寫的

我跟天下所有的「父親」一樣——也有自己的父親。我也跟天下所有的「兒子」一樣——直到自己也當了「父親」，才發現「父親」真是一種「最苦的職業」，工作最「操心」，而且「待遇」最差。那個時候，我最希望的是「去找自己的父親談談」，希望「兩個父親的相聚」能迸發出「智慧的火花」，使我知道怎麼去解答越來越難的「考題」。

不過，天底下有一半以上的人，這種希望都會落空；太遲了。

父親是家裡的「燈」。它是童年的小孩子心目中「最美麗的光」。可是到了少年期，「家裡的孩子」一下子變成「大地的兒女」，那個時候，他心目中最美麗的光是太陽，不再是家裡的燈了。

沒有人否認太陽的美麗，但是這一盞「大地的燈」跟家裡的燈可不一樣。它不只是光，同時也是「熱」，同時也是「能」。如果你不是相當理性的向它走近，太陽就等於「焚燒」。

「燈」跟「太陽」，不過是我的比喻。我的真正的意思，是指「家庭」跟「社會」。沒有一個父親願意永遠把孩子「封閉」在家裡；但是也沒有一個父親會答應孩子「連游泳也不學的」，說跳就跳，像跳進大海似的一下子跳進了大社會。

公寓十樓上的孩子要上街，不能由那個「明明看見整條街」的窗戶，應該由後面那一座「好像離大街更遠」的電梯。這就是「理性」——在你就要獨立面對人生以前，我所能給你的最好的禮物：理性。

理性不是「激情」，也不是「絕望」。

理性是「成熟了的激情」，理性也拒絕「絕望」。

你現在已經是少女，我自己在少年時代所遭遇的種種困難跟挫折，現在都列隊在那裡等候你。你當然看不見那個「浩大」的陣容，你當然更不可能回過頭來問我：『他們會怎麼樣？』你可以體會得到，我當時也看不見那個隊伍，當然也就不會回過頭去問我的父親。在我的心目中，人生完全是「我自己的事」。在父親完全把我的事當作他的事的那個時候，我卻只把父親當作我所面臨的大世界裡的一小部分——甚至是最小的一部分。

父親好像人生百科全書的寫「序」人。少年時代，我只想讀人生百科全書，不想讀「序」。等到我好不容易把那部厚厚的百科全書讀過，正在思索它的意義，偶然翻到那篇「序」，才覺得實在寫得不壞。

現在，我為你寫的這篇「序」裡，有對「理性」的強調。我知道你不一定讀它，我知道你必然也會在全書讀完以後才偶然想起去讀它。但是我不能不寫好擺在那兒，因為這是父親的責任。

我在少年時代是充滿「激情」的。那時候，我剛「懂事」，家裡的情形也跟現在「你家裡的情形」一樣——家裡最大的孩子長成「少年少女」的時候，也就是父親工作最忙碌起勁的時候，也就是母親為「越來越膨脹的家事」忙得「手忙腳亂」的時候。這就是為什麼「寂寞的十七歲」會成為可了解，引起同情的「現代短語」的原因。當然，它離你還有一段相當長的距離，但是在我的心目中，你正「如飛」的向它走去。尤其是你的聰慧，更使人覺得你離它很近。

我那時候，就因為雙親的忙，「寂寞的十七歲」在十三歲就來了。我要坦白的告訴你，並不是父母如果什麼都不做，整天坐下來跟我作伴，「寂寞的年代」就可以不來了。不是的，「寂寞的年代」是非來不可的，只是「忙父母」很可能使它來得早些罷了。我那時候，實際上並不渴望著別的，我只渴望我是一個「成熟的人」。我看書，看好書，也看到壞書。不過很僥倖的，我看到的書裡竟包括許多名人傳記，名人傳記裡竟包括一部《林肯傳》。林肯的傳記，是「一個失敗人一生的忠實記錄」。林肯的美德是「誠實」。因此，我在那「寂寞的年代」為自己塑造的「未來的角色」，竟是「一個禁得起一百次失敗的誠實人」。多危險，多可怕，多幸運，多福氣！在那「焚燒自己」的年齡，我竟能從大火中搶救出一兩樣有價值的東西。

我交朋友，交好朋友，也交很糟的膏粱子弟。不過很僥倖的，我的朋友裡竟包括好幾個清寒人家的子弟，清寒人家的子弟中竟有一個是多才多藝，瀟灑不凡的小才子；竟另外還有一個「讀書破萬卷」的溫良的小學者。他們的「小成熟」給我穩定的力量。多危險，多可怕，多幸運，多福氣！在那「焚燒自己」的年齡，我參加的隊伍，竟是「十三秀士」而不是「十三太保」。

我面對著「不可知的未來」，幾乎是盲目的伸手一抓，竟抓到「相當不壞」的。當然，我跟你談，是希望在你這一代，不至於再像我那麼盲目，那麼富於「賭博性」。希望你能運用一絲絲的「理性」，去代替那個「賭博性」。

理性，我們又回到它這裡來了。

我在我的「寂寞的年代」，最起頭為自己培養的並不是「理性」。像換牙的年代愛糖一樣，我在「寂寞的年代」為自己培養的是「激情」。我為什麼不說「熱情」，偏說「激情」？因為熱情是「溫暖」的，「激情」是「焚燒」的。我希望我所談的能接近真實。

我沒法兒形容那時候的迎接激情是多麼「順理成章」。我所喜歡的是「絕對」，「必須」，「即刻」，「永遠」，「一定」：這樣的字眼。我的熊熊的「青春之火」的燃料，就是這些字所代表的那種「激情」。

我要形容那時候的心情就跟「發燒」一樣。父母跟我談話，我知道他們是一番好意，但是好意並不能減輕「發燒」。

現在我知道了許多「美麗的人生的定律」：所謂「絕對」要怎麼樣的下一句，應該是「我不怕下二十年的苦功」；所謂「永遠」要怎麼樣的下一句，應該是「至死不變的恆心」；所謂「即刻」要怎麼樣的下一句，應該是「失敗一百次也不氣餒」。但是當時我並不知道。

浪花在不斷的破碎中磨鍊成「潮汐」，激情在無數的悲觀絕望中磨鍊成理性。激情如火，但是應該用來鍛鐵鑄劍！

在「焚燒的年代」，愛恨分明，而且十分強烈，激成了美麗的情感的浪花。但是「焚燒的年代」早晚都要過去。那時候，我希望天下所有嘗過「蛻變的痛苦」的少年少女，從火中出來，手中握著一把「智慧的寶劍」。我不希望他們「自己焚燒自己」，只剩一堆供人憑弔的灰燼。

「焚燒的年代」是「鍛鐵鑄劍」的年代。櫻櫻，我們應該鍊「理性」像鍊鋼。我熱誠的希望我的女兒從火中出來的時候，跟別的少年少女一樣，手中也握著一把新鑄的，美麗的「智慧的寶劍」。

# 單車上學記

幼稚園裡本來就有辦得很好的校車，瑋瑋也已經編入「己車」。不過，她搭的僅僅是個「半程」，回家才乘校車，上學都是「自己送」。她的性格不適合搭「全程」，因為她對「時間」還很陌生。對我跟「媽媽」來說，鐘錶上的長針是趕騾馬的皮鞭，我們一看到那「走得很快」的緩緩移動的長針，就會心驚，就會全身肌肉緊張，就會有一種駕著獨木舟順著瀑布下墜的感覺。

瑋瑋不是。長針走到「該出門」那一格的時候，她面不改色。她還在那兒邊談邊吃的享受那一頓飯。『有一種東西，賣的人不需要，買的人看不到，那是什麼？』她還在飯桌上給「正在忍受焦急煎熬」的父母親「出」謎語。

『快吃飯吧，瑋瑋。』媽媽說。

瑋瑋回答的是：『我問你，太陽有什麼用處？』

『太陽告訴你什麼時候該吃飯，什麼時候該出門上學。』

『我不喜歡你說「這種話」。』瑋瑋是很精明的。『告訴你吧！太陽可以曬衣服。人要多運動，多曬太陽，臉上就會紅紅的。』

『老師？』媽媽問。

『是。』瑋瑋含笑點頭。她們彼此會意。瑋瑋是用這種方式溫習幼稚園裡的功課。

我說：『飯等中午再接著吃吧。快給她繫上圍裙，還有三分鐘校車就要到了。由家裡走到巷子口，瑋瑋的速度，最少要一分鐘。』

『可是。』媽媽指著瑋瑋那一碗飯。

『可是。』我指著我的手錶。

『我問你，』瑋瑋說。『水有沒有形狀？』

媽媽把她抱下椅子，替她繫上「中班」圍裙。

『媽媽你別這樣！』瑋瑋說。

我拉過她的腳來，替她穿上襪子、皮鞋。

『爸爸你別這樣！』瑋瑋說。

媽媽拿過毛巾來替她抹嘴，拿過梳子來替她梳頭髮。

『媽媽你別這樣！』瑋瑋說。

我們拉著她，氣急敗壞的往外跑。

『你們別這樣！』瑋瑋說。

瑋瑋跟校車同時到達巷子口。車掌把瑋瑋抱上車子，關上車門，呼嚕嚕，車子開走了。瑋瑋在車窗內，微微皺著眉，用一種「你們別這樣」的埋怨的眼神看著我們，漸走漸遠。校車在街角那棵老榕樹拐彎兒的時候，我的耳朵邊還響著三分鐘以前她問的那個問題：『水有沒有形狀？』

『水沒有一定的形狀。』我說。

『我忘了添水。』媽媽說。『我們爐子上那一鍋牛肉完啦！』她向家裡奔跑。

這種情形還是好的。有許多日子是這樣的：

車掌來摁電鈴：『小孩子今天上不上？』

『上。』我說。

『人呢？』

『還在牀上。』

校車因為必須像英語所說的，一路把孩子「撿起來」，所以到得很早。要瑋瑋那麼早出門，隨著校車一路「撿孩子」，她適應不了。她的「生活節拍」是很慢的，一步是一步的。每天早上起牀，要先在枕上看一會兒窗戶玻璃上的亮光，然後把父母都叫到身邊去，「仔仔細細」的談幾句。穿衣服要完全當作一件事情來做，吃飯更得「像個吃飯的樣兒」，一步是一步，就像我們童年所享受的那樣。她要寫楷字，不肯寫草書。她完全否定了「現代生活」。

「現代生活」的特色是滑稽的「趕」，人人都「上足了發條」。現代生活裡如果抽去了滑稽的「趕」，大家就要覺得乏味。現代哲學家所努力的，就是設法賦予這種「滑稽」一點可以叫作「意義」的意義。我不得不承認，有許多生理上已經發生基本變化的現代人，竟全靠著「趕」的刺激來維持生活的樂趣。像酗酒的酒徒一樣，他們狂飲「趕」的烈酒。人人耳朵裡響著震耳欲聾的「空洞！空洞！」的機器聲。既然已經失去了追求意義、追求價值的本能，那就只有隨手抓個具體的「近小」目標，趕他一趕。

單車是現代心靈的最佳象徵。單車不走動，就無法維持自己的均衡，但是聰明的人應該學習「騎慢一點」。不然的話，我們什麼時候才有時間去欣賞辛辛苦苦鋪設起來的大馬路——寬闊、平坦、整潔，「鑲」著悅目的紅磚便道，「裝飾」著美麗的綠色街樹。

我懷念起單車來了。何必「懷念」？我有單車，我會騎。我可以享受，只要我願意。

瑋瑋何必那麼早就隨校車出去「撿孩子」？把「撿孩子」的時間拿回來自己

用，就足夠瑋瑋的「消費」了。因此，我們決定搭「半程」，放學坐校車，上學自己送。這樣，瑋瑋就可以不必去過那種，那種——「現代生活」啦！

瑋瑋肯，瑋瑋想騎單車想得很。趁著臺北還沒繁華得像紐約以前，趕快掌握住這個「二十世紀最後一位光榮的單車騎士」的榮銜吧。

瑋瑋現在是「下午班」。幼稚園上課的時間是兩點。在這兩個黃金鐘點裡，瑋瑋，你愛多慢就多慢。我們甚至有時間在茶几上擺滿新近出廠的「塑膠百獸雛形」，用一把塑膠尺，用幾條橡皮筋，玩起「非洲打獵」來。你愛打白犀牛就打白犀牛吧。你愛打「因為牠肚子很餓」的「餓魚」，你就打「餓魚」吧。

你喜歡「我問你」，你就「我問你」吧。你喜歡「出謎語」，你就出個「一隻狗，沿街走，走一步，咬一口」吧。你這個文盲喜歡背大姊學校要考的「梨梨圓上草，一歲一哭絨」（離離原上草，一歲一枯榮），你就背吧。時間夠你用。

我在瑋瑋吃飯吃得近尾聲的時候，替她在單車後座上綁好墊子，自己換上粗樸夾克，輕輕把鐵馬拉到門外，倚馬等待。再等一會兒，門開了，媽媽送她出來。她爬上後座，擺好騎姿，向媽媽招招手「再見」，單車就像一條魚游出了巷子，一拐彎，就是新鋪的漂亮六線大馬路。

單車迎風，輕輕游去。我在「前座」跟她一起「選」樹，哪一棵樣子好，哪一棵顏色青翠，哪一棵形狀奇，哪一棵形狀怪。

車停的時候，她在後座問：『紅燈啦？』

車走的時候，她在後座問：『綠燈啦？』

有時候她喊：『停！』

我停車，問她做什麼？『讓你休息休息。』她說。

有時候她喊：『停！』

我停車，問她做什麼？『我也要休息休息。』她說。我不知道這種休息的需要到底是怎麼產生的。也許這是因為她覺得她也「騎車騎得很累」了。

每天下午全家團聚的時候，我只要跟「媽媽」多說兩句話，瑋瑋就必定抗議：『你不能只跟媽媽一個人「相親相愛」，你應該跟大家都「相親相愛」！』

騎車送她上學，因為是只跟她一個人「相親相愛」，所以她的話也特別多。在那個時候，她的「朗誦詩」幫助我了解這個「五歲半」生活裡的一切細節。我漸漸成為「瑋瑋專家」。家裡再也沒有第二個人，能像我這樣讀完她腦中那個小圖書館全部所有的藏書。

# 女廠長

有時候我完全忘了這是一個「家」。有時候我完全忘了家的定義。在自己對家的含義都沒法兒確定的時候，我又怎麼能認定某一種情況不像一個「家」？

不不不。我雖然不能用鴨嘴筆跟米突尺明確的畫出「家」的形狀，我至少可以用水彩畫出家的「感覺上的模糊輪廓」，用最輕靈的幾筆：

家是每天工作以後退息的地方。因為工作引起的精神緊張，因為工作引起的肉體痛苦，在下班的時候，都應該存進卷宗，鎖在辦公桌中間的大抽屜裡。每天提著回家，一進家門孩子就要打開來看的〇〇七手提箱裡，應該多裝些微笑跟問候。家是一條緩緩流動的清溪，每個回家的人就像枝頭飄落的疲倦的樹葉，一沾到溪水，就像嬰兒落入溫柔的搖籃。樹葉船平穩的順流漂著，伴著溪水播出來的輕音樂，漂進了夢國。

每個上班人早晨進入辦公室，應該臉上帶微笑，就像接到結婚請帖的人手上沾滿了金粉；在甜蜜的睡眠以後，他們的心應該是甜的，像蜜餞。

這個「屬於感覺的定義」，對我們家來說，永遠是另一個看得見的美麗山頂，它跟我們的家隔著一個「忙碌的深淵」——我們一回家就要掉進去的那個深淵。

每天早晨，家「散」的時候，每個人把前夜的工作成果帶走了，帶進辦公廳，帶進學校。每天黃昏，家「聚」的時候，每個人又由辦公廳，由學校，帶回來許多工作。家，是一個工廠。這個工廠的女廠長就是「媽媽」。

孩子們回家都充滿信心的帶回來各式各樣的「定貨單」。這些「定貨單」有時候我看了心裡會害怕。但是「媽媽」是誠懇的女廠長，她「定貨單」見得多了，沒有「定貨單」難得倒她。

琪琪的定貨單有一次是這樣的：『一綹白鬚跟一綹黑鬚。明天要的。』

我聽了趕快躲進書房。但是「媽媽」卻和氣的回答說：『好，我知道了。吃點兒東西，趕快做功課去吧。』她收下了定貨單。

那天夜裡，她搬出針線盒跟她的百寶箱，在起坐間裡製造鬍鬚，一綹白的，一綹黑的。夜深了，我摺好書角，把書一扔，拉一拉小銅鏈，牀頭的看書燈就滅了。起坐間的燈光像水，即刻湧進來「補位」。媽媽還在編鬍鬚，一綹黑的，一綹白的。她還不肯去睡。

第二天下午回家，我到琪琪的書房去看琪琪。

『很成功！』她說。
『什麼事情很成功？』
『話劇比賽。』
『班上的？』
『是。』
『你演花木蘭？』
『我是導演。』
『我明白了！黑鬚跟白鬚。我明白這件事情！是給演員用的，掛在這裡，對不對？』
『對！』琪琪說。
這個接受鬍鬚的定貨單的廠長，也接受關於「時間奇蹟」的定貨。
有一次櫻櫻的定貨單是這樣的：『明天要穿體育制服，您能不能把它洗一洗，燙一燙？我剛剛忘了說了。』
那時候是夜裡十點半，定貨單來得太晚，但是媽媽還是接受下來。後院雨聲淅瀝，雨絲在空中織錦，屋瓦上一片炒豆聲。媽媽在廚房裡用一個大洗衣盆洗體育制服。廚房裡，廚房外，演奏著水的音樂。

我關了小書房的燈。我藏身的「金色立方」即刻變成了「黑色立方」。我拿著一本書，向臥室走去，遙望廚房那金色立方裡，媽媽像池塘邊一隻大青蛙，專心致志的在處理那一套三件的冬季體育制服。

第二天，天晴了。我進洗澡間去的時候，一路注意一切可以掛衣服，晾衣服的地方；但是並沒有那一套體育制服的影子。我對廠長處理緊急定貨的能力非常欽佩，就懷著逃兵的內疚讚美她說：『你用什麼方法，交貨那麼準時？』我無意中洩漏了我把她形容成女廠長的祕密；幸虧我沒有洩漏了關於池塘邊一隻大青蛙的聯想。

『交貨？什麼工廠交貨？』她說。

我輕輕拍拍我的頭。她笑了：『夢還沒完全醒？』她「了解」了。

我從頭開始：『櫻櫻的體育制服帶走了嗎？』

『帶走啦！洗，晾，烤，燙。早完成啦！』她夜裡為了處理那一套體育制服，一定起來好幾趟，因為我發現她含笑的眼睛四周有黑圈圈。

瑋瑋也常定貨。瑋瑋的定貨單完全是一種「使中國人在國際上享譽」的「口約」。她常常在媽媽最忙碌的時候提出定貨單：『吃過晚飯以後帶我到南昌街撈魚。你一定得答應！』

『一定！』媽媽手忙著洗菜，耳朵忙著聽爐上另一道菜在鍋裡的變化，只有說「一定」，才能避免被打攪。吃過晚飯以後，儘管她的第一興趣是跟我進行「洗碗爭奪戰」，但是瑋瑋的「講信用」卻是很難惹的。她常常懷疑的看著我說：『你「一定」得守信用，這些碗歸我洗。』

我點點頭，很不肯定的笑一笑。我始終認為拿筆的手如果同時也是幫太太洗碗的手，那樣的手比只會拿筆的手高貴得多。為了使我的手成為金手，我常常把它放在洗碗盆裡電鍍。「洗碗爭奪戰」既然是一種「戰爭」，當然准許我有一種屬於兵法上的「詐術」。我的兵法上的笑使她不安，所以她只好對瑋瑋施行「拖延」，決心不在把碗洗完以前離開廚房。兵法上對付占盡地利的敵人的唯一方法是「誘敵出擊」，可是對於已經下了決心的，兵法也無法。

洗完碗，可能時間已經不早，但是她一定守信對瑋瑋交貨，在不像是適當時間的時間，帶瑋瑋到南昌街的夜市去撈魚，去花兩塊錢，去撈四下。

我的定貨單通常是「明天早上我需要一件乾淨襯衫」，「明天早上八點二十分喊醒我」這一類。她從來沒有一次不準時交貨。

最可怕的是她接受孩子們的定貨單是沒有範圍的，因為她把我當作她工廠裡的能幹技師。她常常把已經同意的定貨單帶到書房裡來：『琪琪忘了把筆記本子帶回家。我已經答應讓你現在就到學校去幫她取回來。』

或者是：『櫻櫻的週記找不到題目寫。我已經答應讓你現在就替她想出一個好題目來。』

或者是：『琪琪還不會扔壘球，我已經答應讓你星期日上午帶她到師大體育場去練一練。我也已經答應讓你替她買一個壘球。』

她無限制的接受定單，家就成為一個工廠，能製造出任何東西來的工廠。

每天下午我們下班回家，她一進門就直奔廚房，那是她的廠長辦公室——她站著辦公的地方。我的窩是書房，那是技師的工作室。在書房裡，我看到孩子們一個一個從書房門外經過，連回頭跟我笑一笑的工夫都沒有，像向日葵仰望著太陽，匆匆忙忙到廚房去集合。我知道她們是去定貨，我祈禱當天定貨單上所列的貨色不要太「難」。不過我的祈禱通常是不靈的，因為不久她就會到書房來交派工作。

『你去買兩個乾電池好不好？』

『你去買一張藍色玻璃紙好不好？』

『你設法找兩段兒笑話，好笑一點的，讓琪琪選一個。』

『瑋瑋明天考說故事。我叫她來，你幫她「聽」兩遍。』

『瑋瑋忘了一個曲調。她現在要哼一遍，你幫她想出來。』

我一定得準時交貨，照單交貨。

在廠長又回到廚房去炒菜的時候，我料想她接下來預備自己動手的定貨單，一定也不少。她給我的不過是其中的一部分。我諒解她，心中也湧起了「辦廠」的熱情。什麼「家是一道緩緩流動的清溪，每個回家的人就像枝頭飄落的疲倦的落葉……」，那太可笑了。

# 小經堂

小經堂裡不供菩薩，沒有木魚，不點青燈，但是很靜，不被吵，也不吵人，沒有特殊設備，卻能隔音。

小經堂只有兩蓆大——應該說只有兩蓆「小」。裡面擺的是一張木牀，一個立櫃。這兩件家具占去四分之三的地面，剩下的四分之一是「沒法兒走動」的讓人走動的地方。它的大小，最恰當的形容，是「可以站一個人」；那個人睡了，那個地方就可以擺拖鞋。要擺拖鞋，地方就太大了，足夠擺十二雙。愛買鞋的人可以把它當作理想的樂園。

小經堂有一個小窗戶，有一個六尺乘三尺的標準門，都加裝了尼龍紗門、尼龍紗窗，也是一個「家庭昆蟲」的禁地。家裡只有兩個「一盞燈的房間」，一個是洗澡間，另外一個就是它。不過它的電化水準並不低，牆上有一個新式的「電鍵板」，包括一個開關，一個插座。

瑋瑋說過的：『這個插插頭的很好。』有了那個插座，電扇、電爐、電吹子、電唱機、錄音機，全都有了「生命」。一個人可以舒舒服服的在那裡頭玩世界上所有的一切實用電器跟娛樂電器。『電就是從這個洞裡走出來的。有時候螞蟻也住在裡邊。』瑋瑋說。她所提的螞蟻，一定是一隻迷途的螞蟻。

小經堂的外面是後院，是家裡「水最多的地方」，一共有兩個水龍頭。洗地板的水，洗衣服的水，洗家具的水，都在那裡接，都在那裡倒。家裡的「石門水庫」，也在它紗門對面洗澡間的房頂上。不知道是哪一種「物理現象」，小經堂確實相當「隔音」。在那裡面聽水聲淙淙，就像聽山風送來的遠處的泉聲。聽水聲嘩啦，就像在二十條街以外聽尼加拉瀑布。

這小經堂從前並不是經堂，從前是「夫婦都上班」的小家庭裡絕對不能少的傭人房，是一個「絕對不能得罪」的地方。那時候，這小房間裡夜間如果有金色的燈光，就表示這家庭充滿興旺氣象。如果這小房間像攝影師的暗房，就表示這家庭遭遇到令人心寒的「不能上班」的困擾。

多麼令人懷念的「戰慄的時代」啊！那時候我們每天戰戰兢兢的對年輕的「家事練習女生」微笑。我們努力在金錢方面，物質方面表示「大方」。我們每天早上起牀第一件事是警告自己：『要表現得輕鬆一點，要有笑容，要寬恕一切的過錯，而且記住要準備一兩句有趣的笑話。』

儘管這種訓練對我們的為人有很大的好處，但是我們的問題並不出在「為人」上。我們的為人都很正直，淳厚，實在用不著再「加工」。問題出在當時那種叫做「燒飯」的「使人不再發生興趣」的職業，已經呈現一片「夕陽景」，早已不是我們「楚楚可憐」的表情所能夠挽回的了。

工廠的門口都貼著招募女工的啟事，符合三八制，有現代化的工資制度，有工作服，有空氣調節，有輕音樂，有交通車。工作勤奮的代價是「加薪」，是「當領班」。再也不是那種「無聊的小甜頭」：賞一塊花洋布，賞一套舊衣服，「多打幾場牌讓你抽抽頭」，「在飯碗裡多給你夾幾塊肉」，「夜裡多放你出去幾次，先生可以給你聽門」，「打破餐具——歲歲平安」，再不是這樣了。

『再見，員外！再見，安人！再見，老爺！再見，夫人！「燒飯」的時代已經過去了。「全面上班」的時代來了。從此以後，我要每天早上打扮得整整齊齊，站在公車「招呼站」的圓牌下等交通車，脫離了一天二十四小時關在你們家裡的「苦海」。』

『你們從前待我一片溫情，換到的卻是我的一股寒意，我很抱歉。不過，你們也應該替我想想，我在你們家待一輩子，犧牲一輩子，你們能給我什麼？難道你們真希望用幾十塊花洋布，幾十套舊衣服，來安排我的一生？再見，我到工廠去了。』

國定紀念日我們放假，我會來看你們的。希望你們好夫婦好好兒努力，祝你們前途遠大。拜拜，西油愛根！』

戰戰兢兢，如履薄冰的「戰慄的時代」完全過去了。我們也從舊時代的「如意算盤」的夢中醒來。現在，我們也張開雙臂迎接「全面上班」的時代了。我們過的是一種「齒輪咬齒輪」的緊湊生活。

每天早上，看家的人來上班讓我們去上班。中午，我們下班讓看家的人好下班。下午，看家的人上班來讓我們上班。傍晚，我們回家讓看家的人好回家。我們上班，她也上班。我們有完全屬於自己的家庭生活，她也有完全屬於自己的家庭生活。我們家一天團圓一回，她家也一天團圓一次。我們常常安排下班的時候要做些什麼，她也安排。

『昨天我回家的時候……』我們也許說。

『是啊，昨天我回家的時候也……。』她也說。

『昨天晚上那一場豪雨啊……。』「媽媽」也許說。

『是啊，昨天我家裡……。』她也說。

『昨天半夜裡有地震，你那邊……？』

『我家裡也有地震……。』

大家再不會沒有話說。大家想說的話多啦。彼此之間有「早啊」，也有「再見」。大家都有「家」，多好。她要是借支太多我們也不怕，我們也向我們的「地方」去借支，都不吃虧，都一樣。

不過這種新「關係」使我們的家發生了一點兒小「變化」。我們家從此多了一個小經堂，小經堂是家裡的「語言中心」，誰有「語言活動」誰就到那小經堂裡去念經。

櫻櫻溫習英語課本的時候，聽英語唱片的時候，常常悄悄的走進小經堂，在那裡念起經來。全靠小經堂特有的那種「物理現象」，櫻櫻在裡面放聲朗誦，外面卻聽不見，不會有「一隻大馬蜂繞室翱翔」的感覺。我們只能憑小經堂放射出來的祥和的金光，知道她的「存在」。

琪琪要背書，要把一個繞口的句子「讀順」，也常常到小經堂去，面壁磨鍊。在她功德圓滿走出來的時候，大家會關心的問她：『好啦？』

『好了。』她會說，表示她剛在「語言中心」裡完成了某一項訓練。

在櫻櫻、琪琪為明天的考試心情緊張，焦躁不安，拚命開快車的時候，「沒有功課」的瑋瑋偏要聽故事唱片跟家裡那張她叫做「下一句」的「黃梅調」唱片。在「衝突」還沒表面化以前，媽媽會趕緊把瑋瑋跟電唱機同時抱進小經堂，讓她在那語言中心裡安安靜靜的接受電化教育。

小經堂離正屋遠，又能「隔音」，確實是個不壞的地方。有一次，我生氣，不知不覺的走進小經堂。在那裡面，我悟到「生氣是一種不健康的信號」的道理。避免生氣的方法很簡單。別人脾氣壞的時候，你要用「醫生的冷靜」去對待他。自己生氣的時候，趕緊使自己成為「冷靜的醫生」。東漢的劉寬所以能夠待人那樣寬厚，那樣「溫仁多恕」，主要的原因可能是他身體相當健康，而且有相當水準的醫學知識。

風度是心理狀態的鏡子，心理是生理撥定了的「鬧鐘」。最喜歡發脾氣的人，通常都是「真元」消耗過多，體力瀕臨崩潰的人。

我「悟道」以後，輕鬆的走出經堂。「媽媽」用對待「語言中心」下課學生的態度，親切的問：『好啦？』

『好了。』我說。

# 瑋瑋的客人

所有的事情都發生在星期日。

星期日的早晨，她通常起得很晚。她喜歡在星期日早晨多睡一會兒，睡到陽光在客廳地板上鍍金的時候，才傳出懶洋洋的聲音，把爸爸媽媽喊到牀邊，討論妥了她的「星期日早餐」，才肯起牀，才肯到洗澡間去放了滿滿一瓷盆的清水，站在小凳子上，先泡過兩條胳臂，然後再洗臉。她多少把「星期日早晨」當作她在幼稚園辛辛苦苦上了六天學以後應得的報酬。

稀飯加蜂蜜，或者「蟹殼黃」就牛奶，或者梨切片跟稀飯一起吃，她有她特殊的菜單。在沒有工作壓力的星期日，爸爸媽媽都有「童話心境」，這一點她知道，所以她通常都能順利的獲得一頓童話早餐。

很喜歡獨食，她。獨食的時候她臉上有一種得意的表情。平常的日子，一家人團聚吃晚餐的時候，在飯桌上她是最不受重視的角色，對這一點她很敏感。櫻櫻喜歡在飯桌上跟我討論「人生問題」，討論考試問題。琪琪關心越戰，關心釣魚臺，關心報紙雜誌上的各種有獎徵答。媽媽談維他命，談扁桃腺，談防腐劑。我只有在吃晚飯的時候，才能一下子想起《讀者文摘》補白裡的全部笑話，以及我「一生」所遭遇過的全部尷尬精采的往事。在櫻櫻、琪琪雙眼發出驚訝的光彩，熱烈探問「後來怎麼樣」的語聲中，她，瑋瑋，眼中所流露的是一種「戰鬥的意志」。

『吵死了！』她說。『我問你們，紙是誰發明的？』為了加入「大人」的談話，她有意把她在幼稚園中班所獲得的知識全部貢獻出來。但是她所得到的反應通常是一種「打發式」的句型。

要是由琪琪回答，就是：『蔡倫——爸爸，後來怎麼樣？再說下去。』

要是由櫻櫻回答，就是：『蔡倫——可是你對別人誠實，別人對你不誠實，那怎麼辦？』

要是由媽媽回答，就是：『蔡倫，乖——所以加了防腐劑的東西，最好還是少吃。』

要是由我回答，通常會成為這樣：『後來我就跟他說——蔡倫，聰明——先生，我不是客氣不吃，是你拿錯了我的筷子，你自己的筷子在那邊。』

這種情形使她難堪。她會很失意的放下銀調羹，說：『我現在吃不下，等一下再吃。』寧願一個人到客廳去，用紅原子筆做「幼兒智力測驗」。

我覺得對不起她，但是，如果真到客廳去哄她，就會激起她的憤怒。我給她的補償，是等大家吃過飯，她回來開始獨食的時候，陪她坐在飯桌邊，很誠懇的，一點不遺漏細節的給她講一段鐵扇公主的芭蕉扇跟孫悟空的「定風珠」。

她的抗議是有力的：『大家應該相親相愛才對。怎麼可以只有你們幾個人相親相愛！』

星期日的早晨，她通常是獨食的。

但是這個星期日的早晨，她起得很早，很快的就泡好了胳臂，洗好了臉，並且跟大家一起吃早餐：稀飯、花生、油條、鹹鴨蛋、醬油。

吃過飯，她換了一件合身的衣服。普通的星期日，她穿衣服最不講究，喜歡到衣櫥裡翻出櫻櫻、琪琪從前的大衣服來穿，有時候衣襬拖地，有時候袖長過膝。她享受的是世界上沒有第二個小孩子享受過的衣著上的舒適跟自由：穿紀念品的舒適，不限制長度的自由。我們對她這種「穿別人的衣服」的習慣已經習慣了。

她對衣服並不是沒有審美力，但是她似乎更喜歡享受「以櫻櫻的姿態出現」或「以琪琪的姿態出現」的樂趣。我自己每天下班回家，也很喜歡換一套十年前的舊衣服，舒適自在的在屋裡走來走去，享受「徹底打垮時尚」的短暫喜悅，造成精神上的絕對健康。我多麼希望我能向人證明，美服跟舊衣給人的喜悅是相等的，聰明人應該每樣都能享受一些，豁達人應該同意別人有權每樣都享受一些。趣味不可偏枯。瑋瑋也許已經得了我的「遺傳」。

她換好了整潔的衣服，含羞，但是充滿喜悅的宣布：『今天我有客人要來。我要去布置客廳了。』這個消息激起了櫻櫻、琪琪的「敬意」。家裡的傳統是尊重客人，同時尊重那個有客人要來的人，承認他的重要；不過他要先「宣布」。

櫻櫻自動幫忙，把「已經成為瑋瑋的雜物間」的客廳收拾好。瑋瑋的成噸的「廢物」被運走以後，整個客廳的形象明晰的顯現出來了。客廳，你好，我們真是好久不見了！

琪琪要給小主客兩人安排一些節目。很顯然的，她並不是為了瑋瑋，而是為了瑋瑋現在所具有的身分，才這麼做的。她選擇一些「優良兒童讀物」，讓她們小主客有一點「閱讀」。她預備了水彩跟紙，讓小主客有一點「美術」。她預備幾首歌，讓小主客有一點「唱遊」。在家裡，她一向是一個「很有教育意義」的人。

瑋瑋很感激，用一種「自己覺得很重要」的誠懇愉快的口吻，向兩個姊姊道謝。然後，她很扭捏的來到媽媽跟前，打了個手勢，意思是：『把耳朵送過來。』輕輕的提出一個請求：『我想請她。』

媽媽點點頭：『要我預備什麼？』

她羞答答的說出她的小計畫，因為知道自己重要，所以興奮，因為興奮，所以激動，因為激動，所以聲音有點兒嘶啞：『陳皮梅，山楂片，糖果，西瓜。』

媽媽點點頭：『我替你準備。』

客人來的時間，約定是下午兩點；還早。我們都希望知道「她」是誰。

『回家的時候，校車停在那個地方。我下車，她也下車。她是大班生。她先跟我說話。我也跟她說話。她說她是王文珍。我說我是林瑋。我送她回家，「然後」我自己回家。她的家就在那邊。她家有紅門，她住在樓上。她的電鈴很「矮」，我幫她摁電鈴。在學校裡，我摸她的頭髮，他們都說，中班怎麼敢摸大班的頭髮。她說要來我家玩，我說好。我問她什麼時候，她說今天。她會不會不來？』

這是她們認識的全部經過。瑋瑋跟她是同一部校車回家的街坊。

下午兩點，客人來了，是一個有兩條小辮子的很可愛的客人，很整潔，很有禮貌。瑋瑋緊緊的拉住她的手，說不出話來。不，她們是說了話的。

客人說：『林瑋！』

瑋瑋說：『王文珍！』

然後，她們「才」說不出話來。

琪琪把她們帶進客廳。櫻櫻也手拿化學課本，以巨人的姿態，含笑低頭跟客人打招呼。我跟媽媽也出來行禮，摸摸客人的辮子。底下的節目，就完全由琪琪去主持了。

我在午睡中聽到瑋瑋跟客人在我牀邊說話。

『你看到了沒有？』瑋瑋的聲音。

『看到了。還會不會再來一次？』客人的聲音。

我睜開眼睛，看見她們都在看我的腳。

『伯伯好！』客人看我醒了，就說。

『你好！』我說。

晚上，我問瑋瑋為什麼看我睡午覺。

『我們什麼都玩過了，沒有別的東西好玩。後來，正好看見你的腳顫了一下，就趕快請她來看。她也很愛看。』瑋瑋說。

我永遠忘不了我自己成為「招待項目之一」的新奇經驗。

# 塑膠快餐

一個「上班人」下班回家，心裡會有什麼樣的一幅圖畫？

他右手在褲袋裡摸鑰匙，打開紅大門，接受白狐狸狗的「搖尾禮」，三腳兩步走進「堆書像堆磚」的書房，安置好了「裝滿事情」的〇〇七手提箱，轉身奔進臥室，像卸鎧甲似的剝下全套外出服，換一條變形走樣不揉也皺的輕便舊長褲，套上一件歪歪扭扭的黑色寬鬆套頭毛線衣，趿拉著拖鞋，用滑雪選手穿雪橇的步態走進整潔舒適的客廳，茶几上抓起社會新聞很多的晚報，「今天可把我累壞了」的嘆息一聲，就有一杯熱茶送來，然後山崩似的往沙發一靠，身子陷進沙發的塑膠海綿像駱駝陷進了流沙……。

這是一捲很「古典」的「動畫」。對一個「家裡有一個六歲孩子在活躍」的家庭來說，這是一捲非常「古典」的動畫。它是一個「上班人」夢中的仙境。

真實的生活是：我每天下班回家站在大門前伸手往褲袋裡掏鑰匙的時候，總要先做兩次深呼吸，使胸中充滿「氧氣」，自己不斷的提醒自己：『愛是恆久的忍耐，愛是永遠不發脾氣。』然後輕輕的推開大門。今天該吃什麼樣的苦，只要輕輕推開大門，看一眼，就知道了。

院子裡，那一隻動用過油漆，讓它由紅變白的搖馬，頭向下，一對月牙形的座兒向天。白搖馬的旁邊，躺著一把羽球拍。三輪小腳踏車，兩個後輪跟座兒造成三個支點，獨輪朝上，那是瑋瑋的「刨冰機」。地上灑滿了白紙片兒，那是她的「冰」。旁邊有三個小皮球。地上有幾本書，幾隻蠟筆，一個玻璃杯。洗衣服的搓板，架在兩隻小矮凳上，那是菜攤子。菜攤子上有一堆海棠葉子，那是菜。還有一個枕頭，這個枕頭現在是放在院子的地上！那是她賣菜賣累了，坐著休息的沙發。

『愛是恆久的忍耐，愛是永遠不發脾氣。』

推開客廳的門，就像走進亂石灘，地上全是鞋：「媽媽」結婚那天穿的紅高跟鞋，我在十幾年前買的「只穿過兩次」的大雨靴，綠色的塑膠輪鞋，櫻櫻的舊運動鞋。這些鞋都是瑋瑋從抽屜裡挑選出來的「船」。我腳踩的地方，說不定正是她的「海港」。

所有沙發上的坐墊都撤除了，堆放在地上。那個叫「林慧」的洋娃娃，穿著琪琪兩歲穿的一件洋裝，脖子上繫著一條手絹兒，頭靠著枕頭，肚子上蓋著毛毯，毛毯上放著琪琪的大籃球，大籃球旁邊是腳踏車用的輕便打氣筒，輕便打氣筒的旁邊是一隻碗，碗旁邊是一隻壞毛筆，壞毛筆旁邊是剪刀，剪刀旁邊是一個空的克寧奶粉鐵罐，克寧奶粉鐵罐旁邊是我的舊錶，舊錶旁邊是菸灰缸，菸灰缸旁邊是雨傘，雨傘旁邊是我的三隻襪子，襪子裡裝了許多「聖誕老人的禮物」，聖誕老人的禮物旁邊是一罐「斯諾」用的狗蝨粉，狗蝨粉旁邊是媽媽、姊姊用的梳子，梳子旁邊是塑膠字紙簍，塑膠字紙簍旁邊是《康熙字典》，……。

一切的一切，真像一首象徵派詩人的詩。『愛是恆久的忍耐，愛是永遠不發脾氣。』

掉了滿地的玩具，給人「碎石鋪路」的感覺。那碎石鋪成的小徑，很自然的把我「帶領」到飯廳。她的沒處擺的小書桌，就放在飯廳的粉牆下。小書桌上堆著七層東西，有五六種鐵盒，有幾張報紙，有棍子，有優良兒童讀物，有一大堆塑膠動物，有她從所有書桌上搜集來的塑膠花，有一大堆「大富翁」玩具裡的「玩具鈔票」，有象棋子兒，跳棋子兒，西洋棋子兒，還有一個飯鍋蓋兒。『愛是恆久的忍耐，愛是永遠不發脾氣。』

我轉身去看後臥室，櫻櫻專心的在那兒做功課，那真是一種暴風雨中的寧靜。就在櫻櫻椅子背後的地板上，我又看到了「采石鋪地」的奇景。紅的，黃的，藍的，綠的，都是些塑膠球，塑膠餅，塑膠輪，塑膠飛碟，看得人眼花。在鋪地的采石的那一頭兒，一塊大木板架在兩個小凳子上成為大餐桌，大餐桌上擺滿了塑膠杯，塑膠碗，塑膠鍋，塑膠盤，塑膠壺，塑膠調羹。

大餐桌的左邊是一把空椅子。右邊，也有一把椅子，椅子上坐的是女主人，正用塑膠茶壺往塑膠茶杯裡倒「塑膠咖啡」。她就是我要找的人，我要對她「怒吼」的人，瑋瑋。

『瑋瑋！』我稍微提高聲音的說。

『爸爸，來，來做我的客人！』她很寧靜的招呼我。

我不得不在她對面那把空椅子坐下。

『你吃什麼？這是雞蛋，這是麵包，這是炸丸子，這是咖啡，這是牛奶紅茶，這是飯，這是汽水。』

『瑋瑋！』我覺得要把她所造成的大混亂一樣一樣數落一遍實在很吃力。我不懂得我連說一遍都覺得吃力的那麼多「項目」，她一個人做起來怎麼就不累？

『來，快拿起來吃，來。』她很安詳，甚至可以說是很「慈祥」的「讓」起菜來了。

我只好嚥下「怒吼」，嚥下「責備」，嚥下「埋怨」，規規矩矩的陪她吃起「塑膠快餐」來了。關於「訓誨」，至於「訓誨」，只好另外再找機會了。

吃過這一頓飯，我很客氣的向她道謝，告辭回到自己的房間，換好了「戶內服」。我在書房裡的書桌前面坐一坐，想隨便抓一本書來看看，歇一歇，靜一靜。但是我靜不下來，一靜下來就想起「李伯伯」、「林叔叔」。

那一次李伯伯來的時候，我不得不跟他說：『您先「站」著歇歇，我來替您清理出一個沙發來。』

『「清理」它做什麼，我就坐在這兒好了！』他很不「客氣」的說。

『不行不行不行，您先站著！』我說。『這椅墊下面是「林慧」，還有一個玻璃杯。』

林叔叔來的時候，情形又是另一樣。他用「欣賞」的眼光掃視客廳，很「諒解」的說：『或者，我們到附近咖啡館去坐坐。』他想邀我去過巴黎人的生活。

我實在靜不下來。

一個「邏輯」湧上我的心頭：『我不是一家之主嗎？那麼——』可是廚房裡傳來「一下班回家就繫上圍裙」的媽媽的炒菜聲，使我覺得我的「古典邏輯」的「第一命題」並不十分穩固，並不十分堅實。

我到廚房裡去提媽媽星期日買菜用的那個大塑膠菜籃，走到院子裡，擡頭看天，深深的做了兩「個」深呼吸，然後彎腰，駝背，伸手，一樣一樣的撿，一籃一籃的運，直到院子像院子，客廳像客廳，書桌像書桌，臥室像臥室，我的「脊柱」像弓。而且每次在我大功告成的時候，心裡並沒有輕鬆的感覺，有的反而是越來越難抑制的緊張，因為我根本不知道應該用什麼方法才能使瑋瑋知道她的邏輯是不合邏輯的。

『以後你最好不要亂動我的東西。明天我還要玩兒的！』她會說。

家裡要是有一個六歲孩子在活躍，最好的處理方法是不停的默念那兩句話：

『愛是恆久的忍耐，愛是永遠不發脾氣。』

# 小螞蚱

在孩子還小的時候，我像一個有一盒明珠的收藏家。在孩子漸漸長大的時候，我像一個有一紙盒螞蚱的小孩子，那紙盒是沒有蓋兒的。

孩子還小的時候，我下班回家打開廳門像打開珠寶盒的蓋兒。那幾顆珍珠一定在那兒。我的孩子一定在家裡。她們好像在黑暗中忽然看到了亮光，一起擡起頭，一起向亮處看，看我的臉。她們跟我笑，排列成半月形，向我圍過來；或者扮哭臉，訴著委屈，像鐵屑奔向磁石，向我跑過來。我是一顆大大的行星，我走到哪兒，小衛星也跟到哪兒。

在那個時候，孩子是我的收藏品，我的珍珠。我可以把它帶到這兒，帶到那兒。我從來沒想到過怎麼把孩子「集中」起來，因為她們本來就很「集中」。我在哪兒，孩子也在哪兒。我離家的時候，總是相信只要把珠寶盒的蓋子輕輕蓋好，回家再打開，珍珠一定還在那兒。我一點也不懷疑，完全相信事情就是這樣。我離家像個收藏家，回家也像個收藏家。

孩子再大一點，我嘗到所有作父親的人都會嘗到的落寞心情。那種心情是很容易描述的。你回家的時候，自己再不像一道亮光了。孩子們看見你，也不像在黑暗中忽然看到一道亮光。你在孩子面前出現的時候，就像一道「亮度並不比原來已經很敞亮的客廳亮度強」的光，引不起孩子的注意。

其實，更正確的說，你根本不可能「在孩子的面前出現」，你只能在孩子的「背後」出現。櫻櫻、琪琪的面前只有筆記本子，瑋瑋的面前只有圍棋盤、一盒黑子兒、一盒白子兒。

她們對我的「歡迎」方式也變了。

我走到櫻櫻的書桌旁邊，我相信她是知道我是怎麼走到她書桌旁邊的，她轉過頭來，坐著跟我點點頭，文靜的說：『回來啦？』她忙，有功課要趕。我知道。她就是小時候那一枝曾發出「爸爸爸爸」的聲音，老遠的直向我射過來的「箭」所變成的嗎？那枝箭，現在變成「弓」了，正在伏案用功。

我走到琪琪背後，從她的肩膀上看過去，她正在那兒「弄筆記」。她頭不回，眼不擡，說的是：『有事嗎？』使我感覺到「無事就不該登三寶殿」的秋意，雖然她並沒有這個意思。我知道她是忙，是有筆記要「弄」。她是小時候那一塊永遠黏在我身邊的麥芽糖變成的嗎？那塊麥芽糖現在變成了圖畫釘，永遠釘在書桌邊兒上了。

我最後只有去找瑋瑋了。她的圍棋盤上布滿了黑子兒、白子兒。她專心的研究著怎麼用四個黑子兒「吃」一個白子兒，用四個白子兒吃一個黑子兒。我的出現，並沒使她驚喜，不過她會招呼我：『下一盤吧！』淡淡的，是一種跟天天見面的熟人說話的語氣。她自動的清理起棋盤來。

『占地方的，還是吃子兒的？』她會問。

她所說的「占地方的」，就是指「戰略的」下法；「吃子兒的」就是指「戰術的」下法。我們通常是下一盤「兩樣都來的」。她的「棋力」已經跟琪琪不相上下，但是心太「貪」，在「纏鬥」的時候完全忽略了棋勢的變化，常常為了吃人家幾個子兒，失去了一大片一大片的江山。

每天黃昏這一仗打過以後，飯廳的燈也亮了。她吃過飯，洗過澡，因為是「上午班」，也因為沒有電視看，早早的就上牀去睡了。櫻櫻、琪琪做功課的時候，不喜歡客廳裡有「劇場氣氛」。如果瑋瑋去開電視，輪流撥亮三個電視臺去找那段兒「會說話的魚」的感冒藥廣告，兩個姊姊都會臉上帶著怒意的出來「拜託」。她也已經自動調整「娛樂時間」，把它改在每天中午了。

在看電視的時候，她獨自留在客廳，一碗電視飯，一碗電視湯，像上課一樣專一，並不需要有人陪伴。她開始品嘗「獨立」的樂趣。這隻一向離不開我的鸚鵡，我的「話」對她已經不再是「重要的會話課本」，她注意的是電視裡的對白。

尤其是在孩子放假我不放假的日子，我從辦公室回家，有一句一向很少說過的話，現在使用的頻率卻越來越高了。我很可能回到家裡在那兩張書桌前面找不到那兩個女「書生」，也很可能在圍棋盤附近找不到那個小「九段」。我會發現整座房子裡空空洞洞的，只有廚房裡有一點兒聲音。我像孩子們小時候急著要看到我那樣的，急著要看到我的孩子。我也像孩子們小時候直奔廚房去問媽媽那樣的，直奔廚房去問孩子們的媽媽。

那時候，我所說的就是這句話：『孩子呢？』這個句型，正是許多年前孩子們慣用的那個句型：『爸爸呢？』

櫻櫻很可能是跟幾個同學去探望從前的老師，甚至可能會交代：『中午不能回家吃飯。』這種話，從前是只有我才說的。

琪琪在假日，會有她的「小應酬」。小時候每天要我帶著她站在門口看人，很有耐性的等媽媽回家的那個沉厚寡言的琪琪，現在很可能會留下話：『跟同學到中國書城逛逛，選一兩本有用的書看看。』

上幼稚園大班的瑋瑋，很可能也會打電話回來通知一聲：『我要晚一點回家，因為我要送一個下午班的同學上校車。知道嗎？』接到這種電話，我就可以想見她陪著一個比她大一點的「小辮子」，站在牯嶺街的榕樹下，一直等到「學校巴士」開到了，同學們爬上校車，兩個人互相搖手「拜拜」過後，她才低著頭慢慢的踱回來。

我把這過程想到第十遍，『開門！』她就會真的回來了。她還不能享受電鈴使用權。因為電鈴的高度跟她身高的「比」，等於籃球架上那個圓鐵框跟我的身高的「比」。

放一群螞蚱的紙盒如果是沒有蓋兒的，那養螞蚱的小孩子的心情，也就是我的心情。我是養了三隻小螞蚱的孩子。

附錄

# 林良重要文學作品年表

鍾欣純、賴雯琪／整理

| 出版年分 | 書名 | 出版社 |
|---|---|---|
| 一九五七年 | 舅舅照相 | 寶島出版社 |
| | 大象 | 文星出版社 |
| | 七百字故事（一） | 國語日報社 |
| 一九五九年 | 有趣的故事 | 語文出版社 |
| | 七百字故事（二） | 國語日報社 |
| 一九六二年 | 看圖說話（一） | 國語日報社 |
| | 一顆紅寶石 | 小學生雜誌社 |
| 一九六三年 | 七百字故事（三） | 國語日報社 |
| 一九六五年 | 我要大公雞 | 省教育廳 |
| | 國父的童年 | 小學生雜誌社 |
| | 馬家池塘的故事 | 小學生雜誌社 |
| | 巨人和小人兒：兒童故事選（二） | 小學生雜誌社 |
| | 毋忘在莒的故事 | 小學生雜誌社 |
| 一九六六年 | 綠雨點兒 | 小學生雜誌社 |

| 年份 | 書名 | 出版者 |
| --- | --- | --- |
| | 我愛樹 | 小學生雜誌社 |
| | 帶個朋友來 | 小學生雜誌社 |
| | 大衛歷險記 | 國語日報社 |
| | 哪家最好玩 | 小學生雜誌社 |
| | 青蛙先生的婚禮 | 國語日報社 |
| | 小鴨鴨回家 | 省教育廳 |
| | 小啾啾再見 | 小學生雜誌社 |
| | 大年夜飯 | 小學生雜誌社 |
| | 草原上的動物 | 國語日報社 |
| | 綠色的花 | 小學生雜誌社 |
| | 草原上的動物 *Over in the Meadow* | 國語日報社 |
| | 造顏色的小孩 *Pitidoe the Color Maker* | 國語日報社 |
| 一九六八年 | 守財奴的尖頭鞋 | 國語日報社 |
| | 會說話的鳥 | 省教育廳 |
| | 動物和我 | 省教育廳 |
| | 小貓凱蒂遊運河 | 國語日報社 |
| | 守財奴的尖頭鞋 | 國語日報社 |
| | 快樂的動物家庭 | 國語日報社 |
| | 醜小鴨 *The Ugly Duckling* | 國語日報社 |
| 一九六九年 | 未來的故事 | 省教育廳 |

| | | |
|---|---|---|
| | 影子和我 | 省教育廳 |
| | 從小事情看天氣 | 省教育廳 |
| | 小琪的房間 | 省教育廳 |
| | 了不起的孩子 | 國語日報社 |
| | 小鬼高弗利 | 國語日報社 |
| 一九七〇年 | 看圖說話（二） | 國語日報社 |
| | 聯合國兒童基金和你 | 省教育廳 |
| | 灰驢過生日 | 國語日報社 |
| 一九七一年 | 看圖說話（三） | 國語日報社 |
| | 彩虹街 | 省教育廳 |
| | 小圓圓跟小方方 | 省教育廳 |
| | 爸爸的十六封信 | 省教育廳 |
| 一九七二年 | 我的書（十冊） | 國語日報社 |
| | 小太陽 | 純文學出版社 |
| | 未來的故事 | 省教育廳 |
| 一九七三年 | 一條繩子 | 省社會處 |
| | 今天早晨真熱鬧 | 省社會處 |
| | 小紅鞋 | 省社會處 |
| | 陌生的引力 | 純文學出版社 |
| | 和諧人生 | 純文學出版社 |

一九七四年　吳剛砍桂樹的故事　國語日報社
我有兩條腿　省教育廳
草和人　省教育廳
家　省教育廳
我的故事集（一、二）　國語日報社
在月光下織錦　純文學出版社
林肯　國語日報社

一九七五年　我會讀書　國語日報社
黃人白人黑人　省教育廳
懷念（上）——一隻狗的回憶錄　國語日報社
懷念（下）——一隻狗的回憶錄　國語日報社
如果我是鳥　國語日報社
小時候　省教育廳
兩朵白雲　省教育廳
大白鵝高高　省教育廳
鈴聲叮噹　省教育廳
小動物兒歌集　將軍出版社公司
小紙船看海　將軍出版社公司
陌生的引力　純文學出版社

一九七六年　白狗白・黑貓黑　國語日報社

| | | |
|---|---|---|
| | 金魚一號・金魚二號 | 國語日報社 |
| | 淺語的藝術——兒童文學論文集 | 國語日報社 |
| | 第二隻鵝 | 省教育廳 |
| | 小木船上岸 | 省教育廳 |
| | 看 | 省教育廳 |
| | 一窩夜貓子 | 省教育廳 |
| 一九七七年 | 認識自己 | 幼獅文化 |
| 一九七八年 | 孝的故事 | 行政院青輔會 |
| | 汪小小學畫 | 省教育廳 |
| | 媽媽 | 信誼基金會 |
| | 老師的節日 | 華僑出版社 |
| | 雙十節 | 華僑出版社 |
| | 屈原的故事 | 國語日報社 |
| | 我有兩條腿 | 省教育廳 |
| 一九七九年 | 我家有隻狐狸狗 | 書評書目出版社 |
| | 十個故事：交通安全教育補充讀物 | 國立編譯館 |
| | 我會讀 | 快樂兒童漫畫週刊社 |
| | 清明節 | 世界華文教育協進會 |
| | 端午節 | 世界華文教育協進會 |
| | 中秋節 | 世界華文教育協進會 |

| | | |
|---|---|---|
| | 過新年 | 世界華文教育協進會 |
| 一九八〇年 | 爸爸 | 信誼基金會 |
| 一九八一年 | 家具會議 | 省教育廳 |
| | 貓狗叫門 | 省教育廳 |
| 一九八二年 | 鄉情 | 好書出版社 |
| | 小鸚鵡 | 信誼基金會 |
| 一九八四年 | 日本這個國家 | 國立編譯館 |
| 一九八五年 | 快樂少年 | 正中書局 |
| | 豐富人生 | 好書出版社 |
| | 爸爸 | 信誼基金會 |
| | 愛的故事：汪汪的家 | 香港晶晶幼教社 |
| | 你幾歲？ | 信誼基金會 |
| 一九八六年 | 長城之旅 | 號角出版社 |
| | 看 | 省教育廳 |
| | 一窩夜貓子 | 省教育廳 |
| | 七百字故事 | 國語日報社 |
| | 兒童詩 | 國語日報社 |
| 一九八七年 | 瀑布鎮的故事 | 國語日報社 |
| | 小方舟 | 好書出版社 |
| 一九八八年 | 犀牛坦克車 | 親親文化 |

| | | |
|---|---|---|
| | 讀書與修養 | 中央日報 |
| | 傳家寶 | 號角出版社 |
| 一九九〇年 | 小太陽 | 純文學出版社 |
| | 現代爸爸 | 好書出版社 |
| | 懷念——一隻狗的故事 | 國語日報社 |
| 一九九一年 | 小方舟 | 好書出版社 |
| | 最想聽的話 *Say it!* | 上誼文化 |
| 一九九二年 | 從水牛到鐵牛 | 農委會 |
| | 狼婆婆 *Lon Po Po* | 遠流出版 |
| | 外公的家 *Grandaddy's Place* | 上誼文化 |
| | 討厭黑夜的席奶奶 *Hildilid's Night* | 遠流出版 |
| 一九九三年 | 田家風景 | 農委會 |
| | 林良的詩 | 國語日報社 |
| | 在月光下織錦 | 麥田出版 |
| | 月下看貓頭鷹 *Owl Moon* | 上誼文化 |
| | 愛火車的小孩 | 臺灣英文雜誌社 |
| | 太陽晚上到哪兒去了？ *Where Does the Sun Go at Night?* | 臺灣英文雜誌社 |
| 一九九四年 | 水景 | 農委會 |
| | 稻草人 | 農委會 |
| | 茶業故事 | 農委會 |

| | | |
|---|---|---|
| | 扣釦子 | 省教育廳 |
| | 我會打電話 | 光復書局 |
| | 笑 | 光復書局 |
| | 大衛歷險記 *Kidnapped* | 國語日報社 |
| | 失落的一角 *The Missing Piece* | 自立晚報 |
| | 我們要去捉狗熊 *We're Going on a Bear Hunt* | 上誼文化 |
| | 和甘伯伯去遊河 *Mr. Gumpy's Outing* | 臺灣英文雜誌社 |
| 一九九五年 | 新農具 | 農委會 |
| | 小方舟 | 麥田出版 |
| | 夏日海灣 *Time of Wonder* | 國語日報社 |
| | 看得見的歌 *I See a Song* | 上誼文化 |
| | 爸爸，我要月亮 *Papa, Please Get The Moon For Me* | 上誼文化 |
| | 好安靜的蟋蟀 *The Very Quiet Cricket* | 上誼文化 |
| | 拼拼湊湊的變色龍 *The Mixed-up Chameleon* | 上誼文化 |
| | 如果你給老鼠吃餅乾 *If You Give a Mouse a Cookie* | 臺灣英文雜誌社 |
| | 聖誕禮物 *The Gift of the Magi* | 臺灣麥克出版 |
| | 林良的散文 | 國語日報社 |
| 一九九六年 | 鄉土小吃 | 農委會 |
| | 青蛙先生的婚禮 *Frog Went A-Courtin'* | 國語日報社 |
| | 流光似水 *La Luzes Como el Agua* | 臺灣麥克出版 |

狄斯耐簡易故事　遠流出版

一九九七年　豐富人生　麥田出版

和諧人生　麥田出版

小太陽　麥田出版

樹葉船　國語日報社

在月光下織錦　麥田出版

農家的一天　農委會

陌生的引力　麥田出版

鄉情　麥田出版

莎莎摘漿果 *Blueberries for Sal*　國語日報社

娃娃體操 *Toddlerobics*　臺灣英文雜誌社

誰怕尖嘴妖 *Jabberwocky*　臺灣英文雜誌社

大家會喜歡獅子嗎？*Would They Love a Lion?*　臺灣英文雜誌社

媽媽，你愛我嗎？*Mama, Do You Love Me?*　親親文化

一九九八年　鱷魚橋　臺灣麥克出版

現代爸爸　麥田出版

小太陽（珍藏版）　麥田出版

小貓頭鷹 *Owl Babies*　上誼文化

外公 *Granpa*　臺灣英文雜誌社

一九九九年　小太陽　麥田出版

| | | |
|---|---|---|
| | 吳剛砍桂樹 | 國語日報社 |
| | 蜘蛛小姐蜜斯絲白德開茶會 *Miss Spider's Tea Party* | 臺灣麥克出版 |
| | 又醜又高的莎拉 *Sarah, Plain and Tall* | 三之三文化 |
| | 想看海的小老虎 *Kleiner Eisbär Kennst du den Weg?* | 格林文化 |
| | 我是你的好朋友：小北極熊和他的朋友們 *Der Kleine eisbar und der Angsthase* | 格林文化 |
| 二〇〇〇年 | 舅舅照相 | 幼翔文化 |
| | 流浪詩人 | 國語日報社 |
| | 淺語的藝術 | 國語日報社 |
| | 甘地 | 格林文化 |
| | 芋頭 | 農委會 |
| 二〇〇一年 | 如果你請豬吃煎餅 *If You Give a Pig a Pancake* | 上誼文化 |
| | 家 *Big Book of Families* | 和英出版 |
| | 小鼴鼠妙妙做褲子 *How Little Mole Got His Trousers* | 青林國際 |
| 二〇〇二年 | 彤彤 | 國語日報社 |
| | 大牛哥快樂過生活 | 聯經出版 |
| | 小鼴鼠妙妙扮醫生（上、下冊） *How Little Mole Made Mouse Well Again* | 青林國際 |
| | 你看到我的貓嗎？ *Have You Seen My Cat?* | 上誼文化 |
| | 從頭到腳 *From Head to Toe* | 上誼文化 |
| 二〇〇三年 | 我是一隻狐狸狗 | 國語日報社 |
| | 快樂少年（新版） | 正中書局 |

| | |
|---|---|
| 小太陽（繪本版） | 格林文化 |
| 100隻飢餓的螞蟻 *One Hundred Hungry Ants* | 經典傳訊文化 |
| 別再親來親去！*No More Kissing!* | 青林國際 |
| 皮皮放屁屁 *Farley Farts* | 三之三文化 |

## 二〇〇四年

| | |
|---|---|
| 家庭大不同 *The Family Book* | 上誼文化 |
| 數學詩 *Mathematickles* | 三之三文化 |
| 小豬不會飛！*Pigs Can't Fly!* | 小魯文化 |
| 蝴蝶和大雁 *Farfallina & Marcel* | 臺灣東方 |
| 傷心書 *Sad Book* | 維京國際 |
| 別再欺負我！*No More Teasing* | 青林國際 |

## 二〇〇五年

| | |
|---|---|
| 河馬在這裡 | 國語日報社 |
| 林良的私房畫 | 臺灣麥克出版 |
| 喂，小螞蟻 *Hey, Little Ant* | 三之三文化 |
| 剛才我去散步 *I Went Walking* | 維京國際 |
| 大猩猩 *Gorilla* | 格林文化 |
| 野天鵝 *The Wild Swans* | 格林文化 |
| 拇指姑娘 *Thumbelina* | 格林文化 |

## 二〇〇六年

| | |
|---|---|
| 綠池白鵝 | 小魯文化 |
| 小琪的房間 | 國語日報社 |
| 我要大公雞 | 信誼基金會 |

會走路的人　國語日報社
早安豆漿店　國語日報社
小紙船看海　民生報事業處
小動物兒歌集　民生報事業處
小紅鞋　信誼基金會
爸爸的十六封信　國語日報社
我要一個家　民生報事業處
汪汪的家　民生報事業處
威洛比先生的耶誕樹 *Mr. Willowby's Christmas Tree*　天下雜誌出版
小紅球流浪去 *The Red Ball*　飛寶國際文化
兒童劇場：經典立體書復刻版　青林國際
松鼠胡來的故事 *The Tale of Squirrel Nutkin*　青林國際
別怕，我在你身邊 *Little Polar Bear and the Husky Pup*　格林文化
夜鶯 *The Nightingale*　格林文化
小克勞斯與大克勞斯　格林文化
雪后 *The Snow Queen*　格林文化
賣火柴的小女孩 *The Little Match Girl*　格林文化

## 二〇〇七年

牛墟　青林國際
我畫的窗子 *The Windows Which is Very Close to the Sky!*　飛寶國際文化
小紅裙 *Redskirt*　飛寶國際文化

大獅子和小紅鳥 *The Lion and the Little Red Bird* 青林國際
雞蛋踢石頭 格林文化
大手握小手 *Willy and Hugh* 格林文化
袋鼠也有媽媽嗎？ *Does a Kangaroo Have a Mother, too?* 上誼文化
猜猜我有多愛你：春天的故事 *Guess How Much I Love You in the Spring* 上誼文化
猜猜我有多愛你：夏天的故事 *Guess How Much I Love You in the Summer* 上誼文化
猜猜我有多愛你：秋天的故事 *Guess How Much I Love You in the Autumn* 上誼文化
猜猜我有多愛你：冬天的故事 *Guess How Much I Love You in the Winter* 上誼文化

## 二〇〇八年

今天早上真熱鬧 國語日報社
我要大公雞 信誼基金會
二朵白雲 信誼基金會
小時候 信誼基金會
小鸚鵡 信誼基金會
我有兩條腿 國語日報社
今天早上真熱鬧 國語日報社
彩虹街 國語日報社
汪小小學畫 國語日報社
小圓圓跟小方方 國語日報社
影子和我 國語日報社
林良爺爺寫童年 幼獅文化

從小事情看天氣　國語日報社
小鴨鴨回家　國語日報社
金魚一號・金魚二號　國語日報社
林良爺爺談作文：作文預備起　格林文化
老鼠阿斑兒歌集 *Appley Dapply's Nursery Rhymes*　青林國際
大猩猩和小星星 *Little Beauty*　格林文化
阿羅房間要掛畫 *A Picture for Harold's Room*　上誼文化
阿羅的童話國 *Harold's Fairy Tale*　上誼文化
是狼還是羊？ *Lupo o Pecora?*　三之三文化
法爾西：一個伊朗男孩的故事 *Farshid*　飛寶國際文化

## 二〇〇九年

看圖說話：青蛙歌團　國語日報社
看圖說話：月球火車　國語日報社
看圖說話：樹葉船　國語日報社
小太陽（兒童版）　格林文化
小太陽2 老三的地方　格林文化
蜘蛛和蒼蠅 *The Spider and the Fly*　三之三文化
一個愛建築的男孩 *Iggy Peck Architect*　三之三文化
一樣就是一樣？ *It's The Same*　飛寶國際文化
孩子的美德書 *The Children's Book of Virtues*　飛寶國際文化
閱讀想想　飛寶國際文化

| | | |
|---|---|---|
| | 汽車睡覺的一天 | 聯經出版 |
| 二〇一〇年 | 蝸牛強強 | 螢火蟲出版社 |
| | 林良爺爺的700字故事 | 國語日報社 |
| | 林良爺爺你請說 | 幼獅文化 |
| | 爸爸：一個爸爸的故事 | 斑馬文創 |
| | 小紙船看海：林良作品集1 | 聯經出版 |
| | 小動物兒歌集：林良作品集2 | 聯經出版 |
| | 汪汪的家：林良作品集3 | 聯經出版 |
| | 我要一個家：林良作品集4 | 聯經出版 |
| | 中秋博狀元餅 | 斑馬文創 |
| | Flora・物語 | 青林國際 |
| | 小太陽 | 格林文化 |
| | 阿羅有枝彩色筆 *Harold and the Purple Crayon* | 上誼文化 |
| | 食物鏈 | 幼獅文化 |
| | 蝸牛出發了：帶你去找一幅現代名畫 *Snail Trail* | 典藏藝術家庭 |
| | 愛看書的男孩：亞伯拉罕・林肯 *Abe Lincoln the Boy Who Loved Books* | 維京國際 |
| | 小鼴鼠妙妙奇遇記 | 青林國際 |
| 二〇一一年 | 給史努比的信 | 麥田出版 |
| | 媽媽：一個媽媽的故事 | 斑馬文創 |
| | 與鴿子海鷗約會：林良精選集 | 九歌出版社 |

| | |
|---|---|
| 林良爺爺的30封信 | 國語日報社 |
| 小太陽（經典紀念版） | 麥田出版 |
| 最後一片葉子 *The Last Leaf* | 格林文化 |
| 顧奶奶和拼圖豬 *Granny Gomez & Jigsaw* | 幼獅文化 |

二〇一二年

| | |
|---|---|
| 林良談兒童文學：淺語的藝術（新版） | 國語日報社 |
| 林良談兒童文學：純真的境界 | 國語日報社 |
| 林良談兒童文學：更廣大的世界 | 國語日報社 |
| 林良談兒童文學：小東西的趣味 | 國語日報社 |
| 我喜歡：林良╳貝果，孩子的第一本詩歌繪本日記！ | 國語日報社 |

國家圖書館出版品預行編目資料

小太陽 / 林良著. -- 四版. -- 臺北市 : 麥田出版 : 家庭傳媒城邦分公司發行, 2013.02
面 ;　公分. -- (林良作品集 ; 9)

ISBN 978-986-173-880-2(平裝)

855　　102000278

林良作品集 09

小太陽 經典紀念版

作　　者　林良
責任編輯　林秀梅　賴雯琪
校　　對　宋雅姿

副總編輯　林秀梅
編輯總監　劉麗真
總 經 理　陳逸瑛
發 行 人　涂玉雲

出　　版　麥田出版
城邦文化事業股份有限公司
104台北市中山區民生東路二段141號5樓
電話：（886）2-2500-7696　傳真：（886）2-2500-1966、2500-1967
發　　行　英屬蓋曼群島商家庭傳媒股份有限公司城邦分公司
104台北市中山區民生東路二段141號2樓
客服服務專線：(886)2-2500-7718；2500-7719
24小時傳真專線：(886)2-2500-1990；2500-1991
服務時間：週一至週五上午09:30-12:00；下午13:30-17:00
劃撥帳號：19863813；戶名：書虫股份有限公司
讀者服務信箱：service@readingclub.com.tw
麥田部落格　http://blog.pixnet.net/ryefield

香港發行所　城邦（香港）出版集團有限公司
香港灣仔駱克道193號東超商業中心1樓
電話：(852)2508-6231　傳真：(852)2578-9337
E-mail：hkcite@biznetvigator.com

馬新發行所　城邦（馬新）出版集團【Cite (M) Sdn. Bhd. (458372U)】
11, Jalan 30D / 146, Desa Tasik, Sungai Besi,
57000 Kuala Lumpur, Malaysia.
電話：(603)9056-3833　傳真：(603)9056-2833

設　　計　黃暐鵬
印　　刷　鴻霖印刷傳媒股份有限公司

初版一刷　1997年1月1日
四版一刷　2013年1月30日
定價299元
ISBN：978-986-173-880-2